· 世界文学名著名译典藏 ·

全译插图本

这里的黎明静悄悄

〔苏〕鲍里斯·瓦西里耶夫◎著　李钧学　张敬铭◎译

А ЗОРИ ЗДЕСЬ ТИХИЕ

长江出版传媒 | 长江文艺出版社

图书在版编目（ＣＩＰ）数据

这里的黎明静悄悄 / （苏）鲍里斯·瓦西里耶夫著；
李钧学，张敬铭译.-- 武汉：长江文艺出版社，2018.5
（世界文学名著名译典藏）
ISBN 978-7-5702-0228-7

Ⅰ.①这… Ⅱ.①鲍… ②李… ③张… Ⅲ.①长篇小
说－苏联 Ⅳ.①I512.45

中国版本图书馆 CIP 数据核字(2018)第 031550 号

Борис Львович Васильев

А зори здесь тихие

Copyright ©Борис Львович Васильев

Simplified Chinese Copyright © Changjiang Literature

& Art Publishing House Co., Ltd.

著作权合同登记号 图字：17-2015-018

策　　划：陈俊帆

责任编辑：徐晓星　　　　　　　　责任校对：陈　琪

封面设计：格林图书　　　　　　　责任印制：邱　莉　　胡丽平

出版：长江出版传媒｜长江文艺出版社

地址：武汉市雄楚大街 268 号　　　邮编：430070

发行：长江文艺出版社

电话：027—87679360

http://www.cjlap.com

印刷：湖北新华印务有限公司

开本：880 毫米×1230 毫米　　1/32　　印张：5.75　　插页：4 页

版次：2018 年 5 月第 1 版　　　　2018 年 5 月第 1 次印刷

字数：90 千字

定价：28.00 元

致中国读者的信

敬爱的中国朋友们！

我荣幸地获悉，我的作品在中国读者中获得了成功。我借此机会，向为加强我们两国人民的联系做了许多工作的译者深深致谢，向那些投书《苏联文学》编辑部对我的作品作出反应的中国读者深深致谢。除了艺术之外，没有更好的方式能使我们这两个伟大的民族互相了解。这一点我是坚信不疑的。

我属于没有青春时期的那一代人。我有过穷困的、甚至十分穷困的童年，在学校学习过，有过朋友，体验过初恋前的朦胧的感情，而后来这一切突然结束了。童年，学校，少年的友谊和一个男孩子对邻班女孩的爱恋，都在一天之内——1941年6月22日——结束了。

这一天我刚满十七岁零一个月。对我们全体人民来说，这个可怕的日子以及我个人的这个年龄，成了青春时期的最后界限。迈过这个界限，我和我们这一代人一下子就跨入了成年人的行列。十七岁当兵，十九岁当排长，二十岁当连长，要不然就是当营长。给我们这一代人预定的道路就是这样的。我们整个这一代人光荣地走过了这一历程：用生命的代价遏止了，然后是彻底粉碎了世界反革命阵营中无比残忍、非常强大和训练有素的军队——德国法西斯。

"用生命的代价"——这并未夸大，亦非比喻。这是实情：1922，1923，1924，1925 和 1926 年出生的小伙子活下来的只有百分之几；我出生的年份以及相近的年份（1923，1924，1925）活下来的只有百分之三。换句话说，每一百个上前线的小伙子中只有三人生还。

是的，这完全是特殊的一代，是介于我们祖国两次最严重的动荡之间的一代：昨天我们这里发生了国内战争，而明天等着我们的是伟大的卫国战争。我们身上有着阶级搏斗的狂飙式的热情，有着如雄壮乐曲的革命浪漫主义精神，有着对于同我们制度的敌人必不可免的拼杀的冷静期待。这块爱和恨的奇特的合金，把我们径直引到军事委员部，送到军事学校、空降部队和海军陆战队，派到游击队，让我们参加地下活动和进行侦察。它推动我们扑到坦克下面，用炸药使自己和桥梁同归于尽，用自己的身体堵住枪眼。因此，我总是自豪地认为，我不属于牺牲的一代，而属于胜利的一代。我是胜利者一代中的一员。

这就是我总写自己这一代人的缘由。无论我写什么——写战争年代还是写和平岁月，写自己的同龄人还是写当代青年，无论我笔下的主人公是男是女，我都着眼于我的同代人。我从这一代人的经历中摄取素材，把他们的命运，他们的勇敢、荣誉感和优秀品格作为自己创作的依据。就我的切身体会来说，我从未觉得自己在这一代人之外，而总感到自己是被剥夺了青春时期的那些活着的或死去的少年们的代表。

我总想理解自己这一代人，总想弄明白，我们所完成的一切是怎样做到的：因为我们谁也不想死，不是吗？可是——死了。十七八九岁的小伙子来自各式各样的家庭、乡村、城镇、省市和共和国，在战争中的共同命运使他们成了亲密的兄弟；他们目标一致，休戚与共，团结战斗。为什么能够这样？这种惊人的前线的兄弟团结的基础是什么？关于这一点我想了许多……

Борис Васильев

13.06.88

章廷桦　译

1

　　171 号铁路会让站上，如今只剩下十二户人家，一间消防棚和一座本世纪初用加工过的大圆石垒成的又矮又长的仓库。上次空袭的时候，水塔炸塌了，过往的列车便不在这儿靠站。敌机虽然停止了袭击，每日里仍来车站上空盘旋。指挥站在站上保留了两挺四管高射机枪，以防不测。

　　这是一九四二年五月。车站西面，交战双方都修建了覆盖层厚达两米的地下工事，阵地战打得难解难分，每逢空气湿润的夜晚，便能听到那边传来隆隆的炮声。东面，德军昼夜不停地轰炸运河和通往摩尔曼斯克的铁路。北面，两军殊死争夺海上航道。南面，被围困的列宁格勒仍在顽强抵抗。

　　这儿倒是个疗养的好去处，战士们过着清静空闲的日子，一个个都像洗蒸气浴似的，浑身疲软无力。这十二户人家里，小媳妇和小寡妇还真不少呢。她们神通广大，不管用什么原料都能酿制白酒。当兵的新来乍到，头三天先蒙头大睡，稍带摸摸情况；到了第四天，就准有哪户人家过命名日了。于是，车站上空那股诱人的土产佳酿的芬芳，就什么风也刮不散了。

会让站的军事运输指挥员——双眉紧锁的华斯科夫准尉，为此接二连三地给上级打报告。等报告打到第十份，上级照例给他一顿训斥，然后把半排快活得忘乎所以的士兵调走。此后，军运指挥员还能勉强对付上一个来星期，但随之一切便故态复萌，简直跟以前一模一样。到头来，准尉只用把过去的报告照抄一遍，改几个数字和姓名就行了。

"你尽抓鸡毛蒜皮的事！"少校看了几份新近的报告之后，亲自下来了。他大声喝道："没完没了地打报告！你不当军运指挥员，倒成作家了！……"

"请您派不喝酒的来吧。"华斯科夫执拗地说。凡遇到粗声大气的首长，他心里总有点害怕，不过他还是像教堂仆役那样嗫嚅地说："派不喝酒的来吧，还有那个……就是有关女人的问题。"

"你要我派老神父来吗？"

"您比我有见识。"准尉怯生生地说。

"得啦，华斯科夫！……"态度严厉的少校也激动起来。"给你派不喝酒的来，有关女人的问题也会解决的。不过，准尉，你可得留神，要是你连这样的士兵也对付不了的话……"

"是。"军运指挥员木然答道。

少校带走了那帮经不住诱惑的高射机枪手，临走前他再次向华斯科夫许诺，要派那些一见裙子和私酒掉头就走，比准尉本人走得还快的战士来。可是要实现这个诺言，看来并不那么容易，因为三天过去了，连个人影儿也没见着。

"问题不简单哪!"准尉对女房东玛丽娅·尼基弗罗芙娜说,"派两个班——差不多得找二十个不喝酒的。就是把整个方面军都搜罗遍了也不一定凑得齐……"

然而他过虑了。因为第二天一早女房东就告诉他,高射机枪手来了。她的腔调中有股怪味儿,可是准尉刚睡醒,晕乎乎的,没听出来,光是问了一件他所忧虑的事:

"有指挥员带队吗?"

"不像,费多特·叶弗格拉菲奇。"

"那就好!"准尉生怕别人夺了他军运指挥员的职位。"两个人掌权——没有比这更糟糕的啦。"

"您先别高兴。"女房东难以捉摸地笑了笑。

"要高兴也得等打完了仗。"费多特·叶弗格拉菲奇颇有见识地说罢,戴上军帽走了出去。

他一出门就傻眼了:房前站着两排睡眼蒙眬的姑娘。准尉起先还以为自己睡昏了头,眨了眨眼仔细再看,战士们的军上衣在士兵条令上没有规定的部位依然高高隆起,而且船形帽下居然露出一缕缕颜色和发式各不相同的鬈发。

带队的女战士呆板地向他报告:"准尉同志,独立高射机枪营五连三排一班、二班奉命前来保卫设施,听候您的指挥。副排长基里娅诺娃中士报告。"

"原来是这——样。"军运指挥员的回答完全违反了条令,"嘿,到底找着不喝酒的啦。……"

这一整天他都不停地挥舞着斧子,因为女高射机枪手们不肯在女房东家住宿,而要在消防棚里搭铺。姑娘们搬运木板,送到他指定的地方,边干活边像喜鹊一样叽叽喳喳说个没完。

准尉沉着脸，不搭腔，恐怕有损自己的威信。

等安顿好了，他宣布道："没有我的许可，谁也不准离开驻地一步。"

"采野果子也不许吗？"一个棕红头发的女兵马上叮住追了一句。对她，华斯科夫早就注意了。

"野果子还没长出来呢。"他说。

"那么，让采酸模吗？"基里娅诺娃问，"我们离不了热汤热菜，准尉同志——要不，我们会瘦的。"

费多特·叶弗格拉菲奇将信将疑地朝那一件件绷得紧紧的军上衣扫了一眼，但还是答应了：

"可是不许过河。河滩地里正好有的是酸模。"

会让站风平浪静了，但是军运指挥员并不因此而轻松。这群女兵都是爱吵爱闹的调皮姑娘，准尉老觉得像是在自己家作客，说话做事全得多加小心，更别想进屋不敲门了，稍一大意，报警的尖叫声马上就会把他赶回原来的阵地。费多特·叶弗格拉菲奇最怕别人暗示或讥笑他向女人献殷勤，所以走起路来眼睛总是朝下，仿佛丢了这个月的津贴。

"您别老皱眉头，费多特·叶弗格拉菲奇。"女房东对他和下属之间的关系观察了一阵子以后说，"她们私下管您叫老头儿，您对待她们就像个老头好了。"

费多特·叶弗格拉菲奇这年春天刚满三十二岁，他绝不承认自己是老头儿。他想了半天，最后得出一个结论：这不过是女房东为了巩固自己的阵地而使的花招。正是她在一个春夜里融化了军运指挥员心头的冰块，现在自然要千方百计地坚守这块已经拿下的阵地。

　　他一出门就傻眼了：房前站着两排睡眼蒙眬的姑娘。准尉起先还以为自己睡昏了头，眨了眨眼仔细再看，战士们的军上衣在士兵条令上没有规定的部位依然高高隆起，而且船形帽下居然露出一缕缕颜色和发式各不相同的鬈发。

　　带队的女战士呆板地向他报告："准尉同志，独立高射机枪营五连三排一班、二班奉命前来保卫设施，听候您的指挥。副排长基里娅诺娃中士报告。"

夜间，女射击手们就用两挺四管高射机枪对准飞越上空的敌机猛射一通；白天呢，没完没了地洗东西，消防棚四周老是晾着她们穿戴的玩意儿。准尉认为这类装饰品挂得不是地方，便简明扼要地对基里娅诺娃中士说：

"这会暴露目标的。"

"可是有命令呀。"她不假思索地说。

"什么命令？"

"跟这有关的命令。命令中明文规定女性军人在任何战场上都可以晒衣服。"

军运指挥员无言以对：去她们的吧，别睬这帮毛丫头！你只要一睬她们，她们就嗤嗤地笑个没完……

天气暖和，没有一丝风，蚊子大量孳生，多得叫人离开驱赶蚊子的树枝就寸步难行。手里拿根树枝倒还没什么，对一个军人来说也无可非议，问题是不久以后，军运指挥员每到一个拐角的地方都要咳嗽几声清清嗓子，仿佛他真是个老头儿似的——那可不好。

事情是这样开始的：五月里炎热的一天，他刚转到仓库后面，就给吓呆了。一堆那样洁白耀眼、丰满而有弹性的肉体忽地闯入眼帘，羞得华斯科夫满面通红：以班长奥夏宁娜下士为首的一班八名战士全都一丝不挂地躺在军用防雨布上晒太阳。她们哪怕出于礼貌尖叫几声也好，可偏不吭声，一个劲儿地把脸往防雨布里扎，费多特·叶弗格拉菲奇只得一步步往后撤，活像一个从别人的菜园子里往外溜的调皮蛋。就从那天起，他一到拐角就咳嗽几声，仿佛患了百日咳。

他对这位奥夏宁娜早就格外留意了，因为她总是一本正经，从来没有笑容，最多动动嘴角，但眼神仍是冷冰冰的。奥夏宁娜的神态有点奇怪，所以费多特·叶弗格拉菲奇婉转地委托女房东去了解情况，虽然明知道这差使不合她的意。

"她是个寡妇。"过了一天，玛丽娅·尼基弗罗芙娜撇了撇嘴向他汇报，"所以是个地地道道的女人，您可以跟她吊膀子了。"

准尉没搭碴儿，跟娘儿们又有什么可说的呢。他拿起斧子就往院子里走，没有比劈柴的时候更便于考虑问题了，而现在问题成堆，需要理出个头绪来。

首先考虑的，当然是纪律。是呀，这些战士既不喝酒，又不跟当地的妇女勾勾搭搭，这倒是真的。可是部队内部却是乱糟糟的，你听：

"柳达、维拉、卡坚卡①——站岗去！卡佳，你领她们去。"

这能叫下命令吗？派战士去站岗，应当非常严肃地下命令，该按照条令的规定办。现在呢，这简直是藐视条令，必须加以制止。可是又怎样制止呢？他跟带队的基里娅诺娃谈了谈，她总回答这么句话：

"我们这样是经过批准的，准尉同志。司令员亲自批准的。"

这帮鬼丫头又来取笑人了……

"又在卖命哪，费多特·叶弗格拉菲奇？"

他回头一看，原来是邻居波琳娜·叶戈罗娃正往这边院子里瞧呢。当地的娘儿们当中就数她放荡，上一个月里就过了四次命名日。

---

① 卡坚卡是卡佳的昵称。

"你可别累着了，费多特·叶弗格拉菲奇。我们这儿现在只剩下你一个男的啦，就像留着配种的一样。"

说着她就浪笑起来。她的领子没扣上，所以那对迷人的东西就耷拉在篱笆上了，活像两个刚出炉的小白面包。

"这阵子你可得像牧人一样到处转喽。这星期在这家，下星期去那家。对你的安排我们娘儿们已经谈妥啦。"

"波琳娜·叶戈罗娃，你得有点廉耻。你是军属呢，还是个骚货？要想着点自个儿的身份。"

"战争会把这笔账勾销的，叶弗格拉菲奇，不管是当兵的账，还是他老婆的账。"

事情就这么糟糕！该叫她搬走，可是怎样才能办到呢？到哪儿去找民政当局呢？她可不归他管。这个问题他已经跟那位一张嘴就大喊大叫的少校讨论过了。

是啊，该考虑的问题堆起来有两立方米，只多不少。而且每个问题都需要专门研究。非专门研究不可……

他几乎没有什么文化，这毕竟是一大障碍。当然喽，他能写会算，还能阅读，不过超不出小学四年级的程度，因为就在他快要读完四年级的时候，他父亲被熊瞎子咬死了。这件事要叫那群姑娘知道了，她们准会笑死！想不到吧，他父亲没有在第一次世界大战的毒气战中阵亡，没有在国内战争的军刀下丧生，也没有让富农的半截枪打死，甚至也不是寿终正寝——而是被熊瞎子咬死的！说到熊瞎子，她们恐怕只有在动物园里才见过……

费多特·华斯科夫，你是从大森林里出来的，好不容易才当上军运指挥员。她们呢，别看是列兵，都挺有学问，开口就是什么提前量啦，象限啦，偏移角啦。她们中间不少人是七年制中学毕业生，有的还是九年制中学毕业生，这从她们的言谈话语中就能听出来。九减四得五。原来他和她们的差距数比他的实有数还要大……

这些想法叫他发愁，于是他越发狠命地劈起柴来。这怨谁呢？难道说怨那头不懂事的熊瞎子……

说也奇怪，以前他一直认为自己一帆风顺。虽然说不上事事如意，倒也用不着怨天尤人。不管怎么说吧，他以不满四年的学历读完了团部办的学校，并且在部队里干了十年以后，获得了准尉军衔。在这方面他没有受过什么挫折，可是在别的方面，命运对他就不尽如人意，好像狩猎时在他四面八方都插上了小旗，把他围了起来，有两次全部火力都对准了他，可是费多特·叶弗格拉菲奇岿然不动，没有垮下来……

苏芬战争爆发前不久，他同卫戍区医院的一个卫生员结了婚。她是个爱说爱闹的女人，老想唱唱跳跳，还爱喝点酒。不过她给他生了个儿子，小名伊戈里克，全名是伊戈尔·费多蒂奇·华斯科夫。这时苏芬战争开始了，华斯科夫上了前线，等他佩戴着两枚奖章回来的时候，他遭到了有生以来的第一次打击：当他在冰天雪地里挨冻受苦的时候，妻子却和团里的兽医勾搭上，跑到南方去了。费多特·叶弗格拉菲奇二话没说就跟她离了婚，通过法院要回儿子，把他送到乡下母亲那儿去。一年之后，孩子死了。从那时起，华斯科夫总共笑过三次：一次是对给他授勋的将军；一次是对给他从肩膀里取出弹片的外科大夫；还有一次是对女房东玛丽娅·尼基弗罗芙娜，因为她领会了他的心意。

就是由于这块弹片，他才得到今天的职位。仓库里还存放着若干物资器材，没有安置哨兵。既然设立了军事运输指挥员这个职位，看管仓库的任务也就归他了。准尉每天巡查三次，拉拉门锁，并且每次都在他自己放置的小本子上写下同样的话："设施查毕，完好无损。"当然还注明巡查的时间。

华斯科夫准尉自服役以来一直顺顺当当。直到那天以前差不多都是如此。可现在呢……

准尉长叹了一声。

2

战前的事，丽达·穆什塔科娃记得最清楚的，就数那次在学校里同边防军英雄欢聚一堂的晚会了。虽然那天没有卡拉楚巴①出席，边防军带来的那条军犬的名儿也根本不是"印度人"，但一切都历历在目，仿佛晚会刚刚结束，腼腆的奥夏宁中尉还同她在边境小城里那种用木板搭的、踩上去咚咚响的人行道上并肩散步呢。中尉当时根本还不是什么英雄，当代表是很偶然的，所以拘束得不行。

丽达也不是那种活跃的姑娘：她坐在台下，既没有去致欢迎词，也不表演节目。她宁可穿过一层层楼板，掉进老鼠成灾的地窖里，也绝不会主动跟三十岁以下的来宾寒暄。她同奥夏宁中尉坐在一起只不过是碰巧罢了，两个人都绷着脸，目不斜视，不敢动弹。后来，晚会主持人带领大家做游戏，他们又碰

---

① 苏联著名训练军犬专家。

在一起。后来，玩方特①时一起输了，罚他们跳华尔兹，于是他们跳了一次舞。后来，两人又站在窗前。后来呢……是呀，后来中尉送她回家。

可是丽达捣了个鬼，带他走了一条最远的路。他照旧还是一声不吭，只管抽烟，并且每拿一支烟都要羞涩地询求她的同意。就是由于这种羞涩，丽达的心完全被征服了。

他们告别时连手都没握，只点了点头，仅此而已。中尉返回哨所后，每星期六给她写一封极短的信，而她每星期日回一封长信。这样一直到了夏天：六月间他到城里来了三天，告诉她边境上不大安宁，以后不会有假了，因此他们应当立刻登记结婚。丽达听了，一点也没惊讶，但是民事登记处的官僚们却不答应给他们办手续，因为丽达离十八岁还差五个半月。于是他们便去找城防司令，然后又去找她的双亲，到底遂了心愿。

丽达是她那个年级里第一个结婚的姑娘。她嫁的可不是什么平庸之辈，而是一个红军军官，并且是边防军呢，世界上简直没有比她更幸福的姑娘了。

她一到哨所，立刻被选入妇委会，还加入了各种小组。丽达学会了包扎、射击、骑马、投弹和毒气防御技术。一年后她生了个男孩（取名阿尔培特，小名叫阿利克），又过了一年，战争爆发了。

在战争的头一天里，她是少数没有惊慌失措、举止失常的人当中的一个。她素来沉着稳重，但她当时能沉得住气，救护别人的孩子，却是因为五月间就把阿利克送到她父母那儿去了。

---

① 一种游戏。

哨所坚守了十七天。丽达听到远处的炮声没日没夜地轰鸣着。只要哨所在，便能指望丈夫幸存，指望边防军坚持到援军的到来，同援军一起反击敌人。哨所里的人都爱唱这样一首歌：

　　夜幕降临，黑暗笼罩着边界，但谁也不能越过它，我们决不让敌人的猪嘴拱进我们苏维埃菜园……

可是日子一天天过去，仍然不见援军到来，到了第十七天，哨所沉寂了。

人们想把丽达送往后方，但她要求参加战斗。大家轰她走，硬把她推上暖货车①，可是过了一天，哨所副所长奥夏宁上尉固执的妻子又出现在筑垒地域司令部里。最后只好让她留下来当卫生员，半年后，她被派往团里办的高射武器学校受训。

奥夏宁上尉是在战争第二天清晨的一次反冲锋中牺牲的。这个消息，丽达七月份才知道，那时，一位边防军中士从被攻陷的哨所中奇迹般地脱身了。

上级很看重这位脸上从无笑容的边防军英雄寡妻，一再通令表扬，把她列为大家学习的榜样，所以也满足了她个人的请求——训练结束后把她派往原哨所所在地带，即她丈夫同敌人白刃格斗，英勇牺牲的地方。那时方面军已经稍稍向后移动，部队以森林为屏障，据湖抵抗，挖掘地下工事，坚守在原哨所与小城之间的某一地区，而这座小城就是当年奥夏宁中尉与九年级二班一位女生相识的地方……

————————————

　　①　可以生火取暖，用来运送旅客的货车。

丽达如愿以偿，现在她满意了，就连丈夫的死也退居到心中最隐秘的角落里。她有了工作、职责和非常现实的复仇目标。她习惯于默默地而又刻骨铭心地仇恨着。尽管她们高射机枪班尚未击落过敌机，但她毕竟把一个德国气球打了一串窟窿。气球顿时起火，缩成一团；射击校正手从气球吊篮中跳了出来，像一块石头似的坠向地面。

"打呀，丽达！……打呀！"女射击手们喊道。

可是丽达等待着，十字标线一直没有离开那个下落的黑点，直到德国人接近地面拉开降落伞，心里正在感谢他那个德国上帝的时候，她才不慌不忙地踩动了击发踏板。高射机枪四管齐射，子弹干净利索地切断了那个黑色的身躯。姑娘们高兴地喊起来，都来吻她，她脸上勉强露出了一丝笑容。为此她整夜发着颤。副排长基里娅诺娃几次给她倒茶，安慰她：

"好丽达，慢慢就过去了。我第一次打死敌人的时候，差点没吓死，真的。那个恶棍，我整整一个月都梦见他……"

基里娅诺娃是个勇敢果断的姑娘。还在苏芬战争期间，她就背着卫生包在前沿阵地爬过不止一公里了，得过勋章，丽达敬佩她的个性，但并没有同她特别接近。

其实，丽达本来就跟谁也不接近。她那个班里又是清一色的小团员。说的倒不是她们比她年轻，不是的，只因为她们太嫩。她们不懂得什么是爱情，什么是母性，什么是痛苦和欢乐，老爱闲扯些什么尉官啦，亲嘴啦，现在丽达听了这些话就恼火。

"睡觉！……"一听到又有人倾吐衷肠，她就简短地喝道。"谁再说蠢话，我就让她站岗站个够。"

"何苦呢，好丽达，"基里娅诺娃懒洋洋地数落她，"让她们说吧，听着怪有意思的。"

"要是她们真谈恋爱，那我什么也不说。可像现在这样，找个墙角就跟人亲嘴——我是没法理解的。"

"那你就做个样子给她们瞧瞧。"基里娅诺娃笑了。

丽达马上不说话了。她简直不能想象会发生那样的事。对她来说，只有过一个男人，就是战争爆发后第二天黎明率领残存的哨所战士同敌人短兵相接，殊死拼搏的那个人；现在，男人已经不存在了。她瘦得厉害，连皮带上最后一个眼儿也用上了。

五月来临前，高射机枪班经历了一场恶战，她们同狡猾的"梅塞尔"① 苦斗了两小时。德国飞机背着阳光向高射机枪俯冲，火力凶猛。他们打死了一名弹药手——一个嘴里老是嚼着什么，长得胖而难看的翘鼻子姑娘；还打伤了两人，但伤势都不重。安葬的那天，部队政委来了，姑娘们都放声大哭。在坟前鸣枪致哀后，政委把丽达叫到一旁：

"班里应该补充人员了。"

丽达没有吭声。

"你们这个集体很强。玛格丽达·斯捷帕诺芙娜。你们自己也知道，妇女在前线称得上是个惹眼的目标，而且她们自己也有把握不住自己的时候。"

丽达还是不吭声。政委倒换着脚，摇来晃去。他点上一支烟，压低声音说道：

"司令部里有个军官——是有家室的，可是却搞了一个，就

————————————
① 德国军用飞机"梅塞尔施米特"的俗称。

这么说吧，女朋友。军事委员知道以后，把那上校臭骂了一通，又命令我给那个什么女朋友找个事儿干，让她待在一个优秀的集体里。"

"来吧。"丽达说。

第二天清早一见面，丽达对她便赞赏不止：高挑个儿，棕红色的头发，白嫩的皮肤；她那双眼睛却充满了稚气：绿莹莹、滴溜溜的，活像两个小碟子。

"战士叶芙根妮娅·科麦莉科娃前来向您报到……"

那天正好赶上洗澡，轮到她们班的时候，姑娘们在更衣室里瞅着新来的女战士，像是看一件宝贝。

"任卡，你可真是美人鱼！"

"任卡，你的皮肤像是透明的！"

"任卡，该给你塑个像！"

"任卡，你用不着戴胸罩！"

"哎呀，任卡，真应该把你送进博物馆，放在黑丝绒上面，再加上一个玻璃罩……"

"不幸的女人！"基里娅诺娃叹了一口气，"把这么好的身段包在军装里——还不如死了呢。"

"是个漂亮的女人。"丽达小心地纠正她的话，"可惜漂亮的女人往往是不幸的。"

"你是在说自个儿吧？"基里娅诺娃冷笑了一声。

丽达又不吭声了。不成，她同副排长基里娅诺娃成不了朋友，怎么也不成。

可是跟任卡倒成了朋友。有一次，丽达事先未经深思，也没有加以试探，就自然而然地把自己的身世向她和盘托出了。

一半是想责备她，一半是想给她做个榜样，炫耀一下自己的爱情。可是任卡听了，既不表示怜悯，也没有表示同情。只是轻描淡写地说了一句：

"这么说，你也有个人恩怨呀。"

虽然丽达很清楚她同上校的关系，可是现在听她这么一说，便问道：

"你也一样吗？"

"现在就剩下我一个了。妈妈、妹妹和小弟弟……全死在机关枪下。"

"碰上扫射了？"

"不，枪决。军官家属被抓起来用机枪处决。一个爱沙尼亚女人把我藏在对面的房子里，所以我全看见了。全看见了！妹妹最后一个倒下——他们还特别补打了几枪……"

"告诉我，任卡，那上校又是怎么一回事儿？"丽达悄悄问道，"任卡，你怎么能……"

"就能！"任卡把棕红色的头发一甩，用挑衅的口吻说道，"你是现在就教训我还是等熄灯以后？"

任卡的遭遇消除了丽达的孤独感。说也奇怪，丽达好像有点复苏了，她的内心似乎发生了震动；丽达变得柔和了，有时甚至露出笑容，甚至同姑娘们一起唱歌，但只有同任卡单独在一起时她才无拘无束。

棕红头发的科麦莉科娃尽管命运悲惨，但她却不孤僻，还很爱闹着玩。她不是把某个尉官窘得一愣一愣的，使全班开心，便是在休息时间让姑娘们"啦啦啦"地伴唱，自己非常在行地跳个俄罗斯民间舞，再不然，就突然给大家讲一段爱情故事，简直叫人着迷。

"任卡，你真应该演戏去！"基里娅诺娃叹息道，"这么个女人埋没了！"

丽达竭力维护的独来独往的生活就这样结束了，任卡把一切都翻了个个儿。她们班里有个叫加尔卡·切特维尔塔克的小可怜儿。她人瘦鼻子尖，两根小辫像是用麻绳编的，胸脯平得跟男孩子一样。任卡给她搓了个澡，整了个新发型，又把她的军服改得合身了——加尔卡霎时变得光彩照人：满面春风，小眼睛熠熠发亮，小胸脯也像雨后的蘑菇一样膨胀起来。自此，加尔卡寸步不离任卡，现在丽达、任卡、加尔卡三个老在一起。

姑娘们听到要把她们调离前线，到车站换防的消息后，班里就像开了锅似的，只有丽达没开腔；她跑到司令部，看了看地图便说：

"派我们班去吧。"

姑娘们都十分诧异，任卡则大闹了一场，可是第二天清早她突然改主意了，开始宣传应该去车站。为什么，干吗要到那儿去——谁也不明白，但是大家都不作声了。看来，就是该去，大家都相信任卡。姑娘们不再嚷嚷，开始整理行装。但自从调到车站之后，丽达、任卡和加尔卡喝茶时便不放糖了。

三天后的一个夜里，丽达悄悄离开了驻地。她溜出消防棚，像一道黑影似的穿过沉睡的车站，消失在挂满露珠的赤杨树林里。她沿着杂草丛生的林间小道走上公路，拦住开过来的第一辆卡车。

"赶远路吗，美人？"留小胡子的准尉问她。夜间总有汽车去后方拉供给品，而押车的却不是战斗部队的人员，并不严守条令。

"能把我捎到城里去吗？"

车上有人已经伸出手来。丽达没等押车的同意，就蹬上车轮，一转眼上了车。有人让她坐在防雨布上，还给她披上一件棉袄。

"姑娘，睡它个把钟头吧……"

天刚亮，她又出现在驻地上了。

"丽达、拉娅——值勤去！"

她没有被人撞见过，可是基里娅诺娃却知道，因为有人向她汇报了。她没说什么，只暗自笑笑：

"准是勾搭上人了，这傲娘儿们。随她去，这下该不会再冷冰冰了吧……"

她在华斯科夫面前对这件事只字不提。再说，哪个姑娘也不怕华斯科夫，丽达更在不乎他。瞧那个长了青苔的树墩①，老是在站上踱来踱去，嘴里颠过来倒过去的永远就那么二十个字，还都是从条令里搬来的。谁会把他放在眼里？

但是，规定毕竟是规定，军队里尤其如此。因为有了这种规定，所以除了任卡和加尔卡·切特维尔塔克，谁也不应当知道丽达夜间外出的事。

白糖、饼子、压缩饼干不断往小城里运，有时还有肉罐头。几次的成功使丽达胆子越来越大，一星期总有两三天夜里到那儿去。她变黑了，也瘦了。任卡凑着丽达的耳朵小声责备她：

---

① 俄语中，"长了青苔的树墩"喻为"与世隔绝，麻木不仁的蠢家伙"。

"你这个当妈妈的也太冒险了！要是碰上巡逻队，或者叫哪个当官的注意了——那你就完了。"

"别说了，任卡，我运气好！"

她幸福得眼睛都亮了。跟这样的人还能说什么呢？任卡只得无可奈何地说：

"哎，丽达，可得小心点！"

从基里娅诺娃的眼神和冷笑中，丽达很快就猜到副排长知道她夜间外出的事了。这冷笑蜇痛了她，仿佛她果真背叛了自己的上尉。她沉着脸，真想刺她几句——但任卡制止了她，把她拉到一边：

"丽达，让她胡思乱想去吧！"

丽达想通了：对呀，什么秽事都随她编，只要不声张，不碍事，不向华斯科夫报告就行。不然华斯科夫就要逼你交代，絮絮叨叨，说得你头昏眼花。有过一个例子：一班有两个要好的姑娘在河对岸被准尉抓住了。他从午饭到晚饭，整整呵斥了她们四个小时，条令、指令、条例背个没完，训得她们哭了又哭，以后别说过河了，就连大门也绝不迈出一步。

基里娅诺娃眼下还没吭声。

这正是无风的白夜季节。从日落到日出，黄昏没有尽头，到处飘送着花草馥郁的芳香，女高射机枪手们在消防棚边上唱歌，直到第二遍鸡叫。丽达现在只背着华斯科夫一人了。她每隔两夜溜走一次，晚饭后就走，第二天起床以前回来。

丽达最喜欢这归来的时刻。碰上巡逻队的危险已经过去了，这时她可以把系在一起的皮靴往背后一背，逍遥自在地光着脚，啪哒啪哒地踩着冰凉透肌的露水往回走。她边走边回味着会面的情景、母亲的埋怨，还思索着下一次脱身的办法。丽达为她能由自己安排下次的会面，不必或几乎不必受制于他人的意志而感到幸福。

然而战争还在进行，它按照自己的意志支配着千千万万人的生命，人们的命运便这样怪诞不经和不可理喻地交织在一起。当玛格丽达·奥夏宁娜下士瞒着平静的 171 号铁路会让站上那个军运指挥员外出的时候，她无论如何也想不到帝国保安部盖有"限发至司令部"印章的 C 字 219/702 号指令已经签署，并付诸实施了。

3

这里的黎明静悄悄。

丽达光着脚往回走，两只长筒靴在背后晃来晃去。沼泽地里大雾弥漫，她的脚冻得冰凉，衣服也打湿了。丽达宽慰地想道，一走到车站前面那个熟悉的树墩跟前，就能坐下来穿上干燥的袜子和靴子了。不过这会儿她走得很急，因为刚才截车误了不少时间。华斯科夫准尉可是天一亮就起床，并且即刻要去亲手检查仓库门锁的，而丽达又非打那儿经过不可，因为那个树墩离圆木围墙只有几步远，就在灌木林后面。

再拐两个弯就到树墩了，然后一直走，穿过赤杨树林就是驻地。丽达刚拐过一个弯就惊呆了：路上站着一个人。

那人正向后张望。他个头高大，穿着印有斑点的伪装服，背上还拱起一块。他右手提着一个用皮带紧紧捆着的长方形小包，胸前横挂着冲锋枪。

丽达一个箭步钻进灌木林，树丛一颤，抖了她一身露水，但她浑然不觉。她屏住呼吸，透过还很稀疏的树叶注视着这个犹如梦魇般僵立在她归途上的外来人。

树林里又钻出一人，身材略矮一些，胸前挂着冲锋枪，手里提着一个完全相同的小包。他们一声不响地朝她走来，系了带子的高勒皮靴在打了一层露水的草地上不出声地移动着。

丽达把拳头塞进嘴里，手被咬得生疼。万万不能动，不能喊，更不能不顾一切冲出树丛！他们打她身边经过，靠近她的那个家伙的肩膀触动了她面前的树枝。他们像影子一样，无声无息地过去，接着便不见了。

丽达挨了一会儿，再没有人了。这才警觉地从树丛里钻出来，穿过小路，钻进另一片灌木林，凝神谛听。

鸦雀无声。

她拼命往回跑，上气不接下气，靴子不停地在背上碰撞着。她不再注意隐蔽，奔过村子，跑到那扇紧闭着的沉睡的房门前，狠命敲打：

"军运指挥员同志！……准尉同志！……"

门好不容易开了。华斯科夫站在门槛上，穿着马裤，光脚趿拉着便鞋，上身只套了一件系带儿的厚布衬衫，眨巴着迷迷糊糊的睡眼，问道：

"出了什么事？"

"林子里有德国鬼子！"

"是这样……"费多特·叶弗格拉菲奇狐疑地觑着细眼琢磨着，这准是在拿我开心呢，"你怎么知道的？"

"我亲眼看见的。一共两个。挂着冲锋枪，穿着伪装服……"

不，不像是瞎说。瞧她那受惊的眼神……

"你先在这儿等一下。"

准尉冲进屋里，急忙套上靴子，穿好军上衣，像起了火似的。女房东穿着睡衣坐在床上，惊得张大了嘴。

"出什么事啦，费多特·叶弗格拉菲奇？"

"没事儿。跟您没关系。"

他跑出屋子，一面跑一面系紧挂着手枪的皮带。奥夏宁娜站在原地，靴子还背在背后。准尉无意地朝她脚上瞥了一眼：湿漉漉的脚冻得通红，大脚趾上还粘着一片枯叶，可见她是背着靴子打赤脚在树林里悠逛，原来现在当兵的就这样打仗啊。

"全体战士荷枪列队，战斗警报！命令基里娅诺娃前来见我。跑步通知！"

两人向不同的方向跑去：丽达奔往消防棚，他去铁路岗棚打电话。线路千万别出故障！……

"松树，松树！……咳，我的妈呀！……不是睡着了，就是线路出了毛病……松树！……松树！"

"我是松树。"

"我是十七号。给我接三号，十万火急，紧急情况！……"

"给你接，别乱吼！他那儿也有紧急情况……"

不知道为什么，话筒里老是嗡嗡嗡咯咯咯地响，半天才听到远处一个声音问道：

"华斯科夫吗？你们那儿怎么啦？"

"是我，三号同志。驻地附近树林里发现德国兵。今天发现的，一共两名……"

"谁发现的？"

"奥夏宁娜下士……"

基里娅诺娃连军帽也没戴就随随便便走进来。她点了点头,就像是在晚会上一样。

"我发了战斗警报,三号同志。准备搜索树林……"

"先不要急着去搜索,华斯科夫。得动动脑筋,如果咱们把守卫设施的部队调开,上头是不会拍拍咱们肩膀称赞的。你那两个德国兵是什么样子?"

"据说穿着伪装服,带着冲锋枪。是侦察兵……"

"侦察兵?你们那儿有什么好侦察的?侦察你怎样搂着女房东睡觉吗?"

唉,老是这样,老是华斯科夫的过错。谁都拿华斯科夫出气。

"你怎么不吱声了,华斯科夫?想什么呢?"

"我想,应当把他们逮起来,三号同志,趁他们还没走远。"

"你想得对。带五个女兵,趁着脚印还清楚,赶紧去追。基里娅诺娃在旁边吗?"

"在,三号同志……"

"叫她听电话。"

基里娅诺娃的话很简短,只说了两次"知道了",还有五次"是"。她挂上电话筒,摇了摇话终铃:

"命令我拨出五名战士交您指挥。"

"给我那个遇见德国兵的。"

"我让奥夏宁娜带队。"

"好,就这样。集合队伍。"

"已经集合完毕,准尉同志。"

这支队伍啊，就别提啦。这一位头发像马鬃似的，一直披到腰间，那一位头上还夹着卷发纸。瞧这批战将！你就得带着她们去搜林子，捉拿手持冲锋枪的德国兵！再说，她们配备的还是清一色的 1891 型/30 年国产步枪……

"稍息！"

"任妮娅、加莉娅、莉扎……"

准尉皱起了眉头。

"等等，奥夏宁娜！我们是去抓德国鬼子，不是摸鱼。总得会使枪吧……"

"会的。"

华斯科夫正想挥挥手表示算了，突然又想起一件事：

"对了，还有一件事。也许，有人会德国话吧？"

"我会。"

队列中传来一个尖细的声音。费多特·叶弗格拉菲奇烦得气不打一处来。

"有这么说的吗——'我'？什么叫'我'？应当照规矩报告！"

"战士古尔维奇。"

"哦——哦——哦！'举起手来'德国话是怎么说的？"

"韩德霍赫。"

"对。"准尉终于挥了挥手。 "好吧，你也去，古尔维奇……"

五名战士排好了队。她们的表情像孩子一样严肃，眼下还没有害怕的样子。

"我们要去两天两夜，应该做这样的思想准备。带上干粮、子弹……每人带五夹。加足了油……也就是说，吃得饱饱的。靴子要穿得像个样，装束要整齐利索，把准备工作做好。总共给你们四十分钟。解——散！……基里娅诺娃和奥夏宁娜跟我来。"

战士们去吃早饭，做出发的准备，准尉则把两位军士请到他房间里开会。幸好女房东已经避开了，可是床还没有铺好：两只枕头亲热地挨在一起……费多特·叶弗格拉菲奇请军士们喝粥，自己仔细研究一张折叠处已经磨损的三俄里①缩为一英寸的旧地图。

"这么说，你是在这条路上遇见他们的。"

"就在这儿。"奥夏宁娜用手指在地图上轻轻划了一下。"他们是挨着我身边过去的，朝公路方向走去。"

"朝公路方向？……可你清早四点钟在树林子里干什么？"

奥夏宁娜没作声。

基里娅诺娃眼睛看着别处说："不就是起夜呗。"

"起夜？……"华斯科夫冒火了，"真是睁着眼睛说瞎话！为了解决起夜问题，我亲自给你们挖了茅坑。是人多挤不开吗？"

两位军士都皱起了眉尖。

"您要知道，准尉同志，有些问题，女人不必回答。"还是基里娅诺娃说。

"这儿没有女人！"军运指挥员吼了一声，甚至轻轻地拍了一下桌子，"就是没有！只有战士，还有指挥员，明白吗？眼下

---

① 一俄里等于 1.06 公里。

　　五名战士排好了队。她们的表情像孩子一样严肃，眼下还没有害怕的样子。

　　"我们要去两天两夜，应该做这样的思想准备。带上干粮、子弹……每人带五夹。加足了油……也就是说，吃得饱饱的。靴子要穿得像个样，装束要整齐利索，把准备工作做好。总共给你们四十分钟。解——散！……基里娅诺娃和奥夏宁娜跟我来。"

在打仗，战争不结束，我们全都是中性的人……"

"怪不得你们的被子到现在还没叠上呢，中性准尉同志……"

哎哟，这个基里娅诺娃的嘴可真不饶人！总能把你给绕进去！

"你说他们朝公路方向去了？"

"朝……"

"他们到公路上去干什么？公路两边的树林在苏芬战争期间就已经砍光了，一到那儿就会被我们抓住。不，下级指挥员同志们，吸引他们的并不是公路……哎，你们吃呀，吃呀。"

"当时周围都是树丛，又有雾，"奥夏宁娜说，"我恍惚觉得……"

"你要是觉得恍惚，就该画个十字定定神。"军运指挥员唠叨着说，"你说他们拎着小包？"

"是的，好像还很沉，都用右手拎着。包扎得严严实实。"

准尉卷了一根烟，点上火，在屋里来回走了一阵。刹那间，他恍然大悟，这么明摆着的事儿，刚才竟不开窍，真够难为情的。

"我想，他们拎的是炸药。如果是这样，那么他们的目标根本不是公路，而是铁路，是基洛夫铁路①。"

"这儿离基洛夫铁路可不近。"基里娅诺娃将信将疑地说。

"然而他们可以在林子里走。而这一带的树林坑人着哩，一个集团军也能藏下，不用说两个人了。"

---

① 基洛夫铁路即通向魔尔曼斯克的铁路。

"真是这样的话……"奥夏宁娜感到一阵不安,"真是这样的话,那就应该通知铁路警卫队。"

"由基里娅诺娃通知。"华斯科夫说,"我每天汇报的时间在二十点三十分,代号'十七'。奥夏宁娜,你吃呀,吃呀,要奔跑一整天呢……"

四十分钟以后搜索组列队完毕,可是过了一个半小时才出发,因为准尉一丝不苟,尽挑毛病。

"全体脱靴!……"

果然不出他所料:一半人脚上穿的是丝袜,另一半人包脚布缠得跟围围巾一样。这样是没法打仗的,因为走不上三公里,战士们脚上准打血泡。总算她们的班长奥夏宁娜下士缠得还合格。可是她为什么不教教自己的部下呢?……他花了四十分钟教她们缠包脚布。又花了四十分钟逼着她们擦枪。不错,她们没让枪筒里长潮虫,可是哪能用这号枪去打仗啊?!……

余下一点时间,准尉发表了简短的讲话,照他看,这能帮助战士掌握要领。

"遇到敌人不用害怕。他们是在我们后方活动,所以胆小着呢。不过也别让敌人靠近你,因为他们到底是身强力壮的男人,又专门配备了打近战的武器。万一近旁出现敌人,你最好藏起来。可千万不要逃跑,拿冲锋枪扫射逃跑的人才过瘾呢。行走时要两人一组。路上别掉队,也别说话。如果有路,该怎么走?"

"知道。"棕红头发的女战士说,"一个靠右边走,一个靠左边走。"

"还要注意隐蔽。"费多特·叶弗格拉菲奇补充道,"行军序列如下：前面是先头巡逻小组，由下士和一名战士组成，在她们后面一百米是本队：有我……"他打量了一下队伍，"和翻译。在我们后面一百米是最后的两名战士。行进中当然不能并排走，而要保持彼此看得见的距离。一旦发现敌人或者出现无法判断的情况……谁会学野兽叫或者鸟叫？"

女战士咭咭地笑起来，这帮傻瓜……

"我跟你们说正经事儿呢！在树林里不能用人声传递信号，德国人也有耳朵。"

大家都不作声了。

"我会。"古尔维奇羞怯地说，"我会学驴叫：依——啊，依——啊！……"

"这一带没驴！"准尉不满意地说，"好了，咱们就学野鸭子叫吧。"

他叫了几声，大家又笑开了。她们怎么一下子变得这么开心呢？华斯科夫觉得莫名其妙，可是他自己也忍不住笑了。

"公鸭就是这样召唤母鸭的。"他解释道，"来，试试看。"

她们一个个都开心地呷呷呷叫了起来。特别卖劲的是那个棕红头发的叶芙根妮娅（这个姑娘，嘿，可真俊，千万别迷上她，真俊！）可是叫得最像的当然还数奥夏宁娜，看来她挺能干。另外一个，好像叫莉扎的，学得也不赖。她长得结实矮壮，拿不准她是肩膀宽，还是胯骨宽，可是嗓子的模仿力很强。总之，是个好样的，这样的人随时都能用上。她壮得简直能拉犁。

她可不像那两个矮小瘦弱的城市姑娘：加莉娅·切特维尔塔克和翻译索妮娅·古尔维奇。

"我们去沃皮湖。大家往这儿瞧。"女战士都凑到地图跟前，对着他的后脑勺和耳朵呼气，真够意思。"如是德国人要到铁路那儿去，就非经过沃皮湖不可。他们不知道还有条近路，所以咱们能比他们先到。咱们离目的地大约二十俄里，午饭前就能赶到。还来得及做准备，因为德国人既要绕道，又要注意隐蔽，起码得走上五十俄里。都明白了吗，战士同志们？"

他的战士一个个都变得严肃起来：

"明白了……"

还不如让她们光着身子晒晒太阳，对着飞机放放枪呢，唉，这就是战争啊……

"奥夏宁娜下士，检查干粮、武器和准备工作完成的情况。十五分钟后出发。"

他撇下战士，还得赶紧回屋一趟。在这之前他已经嘱咐女房东帮他收拾背囊，现在还得再添些东西。德国人可是凶悍的对手，只有在漫画上才能把他们一堆一堆地打倒。必须有充分准备。

玛丽娅·尼基弗罗芙娜按他的吩咐把要带的东西都已打点停当，还额外加了一小块咸猪油和腊鱼。他真想骂她一顿，却又改变了主意。一去就一大帮，像是吃喜酒的，多带上点也好。他又使劲往背囊里塞步枪和手枪的子弹，还带上了两颗手榴弹。什么意外不会发生啊！

女房东心神不定地看着他，默不作声，两眼泪汪汪的。她想靠在他身上，整个儿靠在他身上，却没挪步，最后还是华斯科夫于心不忍，把手放在她头上：

"我后天就回来。最晚不超过星期三。"

她哭了。唉，女人啊，女人，你们真够惨的！男人遇到战争都像兔子被烟熏了一样，何况你们呢……他走到村口，瞧了瞧自己的"近卫军"：咳，枪托差点儿没蹭着地面。

华斯科夫叹了一口气。

"全准备好了？"

"全准备好了。"丽达回答说。

"在整个执行任务期间，我指定奥夏宁娜下士为我的副手。再说一遍联络信号，两声呵呵——注意，发现敌人。三声呵呵呵——全体向我靠拢。"

姑娘们大笑起来。他是故意这么说的，好让她们乐一乐，鼓鼓劲儿。

"先头巡逻小组，齐步走！"

队伍出发了。

走在前面的是奥夏宁娜和胖姑娘。华斯科夫等她们走进树丛看不见了，心中数到一百，便跟着出发。他旁边的翻译在步枪、弹药盒、大衣卷和背囊的重负下，像根压弯了的芦苇……在他们后面的是科麦莉科娃和加莉娅·切特维尔塔克。

4

能否抢先赶到沃皮湖，华斯科夫对此并不担心。德国人绝不可能知道通往那儿的捷径，因为那条路是他本人在苏芬战争期间发现的。对于这一带，所有的地图都标有沼泽符号，因此德国人只有这样一条路可走：沿着树林绕过沼泽地，然后再折回湖畔，翻越锡纽欣岭；他们要避开这座山岭是无论如何也办不到的。因此，不管他的战士走得多么缓慢，不管她们怎么拖拉，德国人花的时间总是要比她们多。他们在傍晚前赶不到那儿，而在这以前，华斯科夫早已封锁住各条通道。他要把姑娘们严严实实地隐蔽在大石头后面，先放一枪壮壮胆，然后向德寇喊话。干掉一个总不成问题吧，还剩下一个，华斯科夫不怕单独跟他交手。

他的战士们精神饱满地走着，看上去完全合乎行军规定：军运指挥员没听到说话或嬉笑的声音。至于她们是怎样观察的，他就不得而知了，但是他却十分留心自己脚下，就像围猎狗熊时那样，并且终于发现一个浅浅的、带有外国花纹的鞋印，估计这只鞋大约四十四号。费多特·叶弗格拉菲奇由此断定，这是一个身高近两米，体重超过一百公斤的大汉留下的足迹。当然不能让姑娘们和这样的家伙交手，即使她们手里拿着武器。接着准尉又发现一个鞋印。根据这两个鞋印来看，德国人是绕着沼泽地走的。果然一切都在意料之中。

"德国鬼子得多跑点路。"他对翻译说，"得多跑好些路——差不多四十俄里呢。"

翻译没应声儿，她累坏了，连枪托也在地上拖着。准尉瞟了她几眼，看到的是一张尖削的，不大好看却又十分严肃的脸。他惋惜地想到，目前男人奇缺，她就别指望建立家庭了。他突然间问道：

"爹妈都在吗？还是就剩你自己了？"

"就剩我自己？……"她笑了笑，"可能就剩我自己了。"

"这么说，你自己心里也没数？"

"现在谁又有数呢，准尉同志？"

"倒也是……"

"我父母在明斯克。"她耸了耸瘦窄的肩膀，把枪背背好，"我在莫斯科念书，正准备考试，就在那时候……"

"有他们的消息吗？"

"得了，哪儿能有呢……"

"嗯……"费多特·叶弗格拉菲奇又瞟了她一眼，心里估量着，可别惹她不高兴，"你父母是犹太人吧？"

"当然是。"

"当然是……"军运指挥员不快地哼了一声，"要是'当然',我还问你干什么?"

翻译没有再说下去。她皱起眉头,两只穿旧了的厚油布靴子踏在潮湿的草地上,发出啪哒啪哒的响声。她轻轻叹了一口气:

"也许他们及时跑出来了……"

这声叹息犹如一把刀子在华斯科夫心上砍了一下。唉,这只瘦弱的小麻雀,哪里经得起这样的痛苦?真想痛痛快快地骂一顿娘,诅咒这场战争,把那个派女兵追捕德国人的少校也捎带上。这样发泄一通,心里兴许能舒坦一点,可是现在非但不能破口大骂,反而得使劲装出一副笑脸来。

"喂,战士古尔维奇,学三声野鸭叫!"

"干吗?"

"检查战斗准备状况。怎么啦?我教你们来着,忘了吗?"

她马上笑了,眸子里也闪出了光彩。

"没有,没忘!"

学得一点都不像,跟舞台上一样,简直是儿戏。可是不论先头的,还是断后的小组还是明白了,都向中间靠拢。奥夏宁娜甚至是跑来的,枪已经提在手中:

"出了什么事?"

"真要出了事儿,天使就在另一个世界里迎接你们了。"军运指挥员训斥她道,"知道吗,你跑起来横冲直撞,活像条小母牛,尾巴还翘得高高的。"

瞧她那委屈的模样,脸顿时红得像五月的朝霞。可是,不这样行吗?得教她们哪!

"都累了吗?"

"还用问！"

棕红头发的女兵顶撞道，她替奥夏宁娜愤愤不平，这是明摆着的事儿。

"算啦。"费多特·叶弗格拉菲奇和气地说，"一路上有什么情况？按行军序列报告，奥夏宁娜下士。"

"好像没有……"丽达犹豫不决地说，"拐弯的地方断了一根树枝。"

"真行，说得对。喂，断后的讲吧。战士科麦莉科娃！"

"我什么也没发现，一切都很正常。"

"树上的露水蹭掉了。"忽然，莉扎·勃丽奇金娜急匆匆地说，"路右边树上的露水还在，可是左边的就没了。"

"有眼力！"准尉满意地说，"真行，红军战士勃丽奇金娜。路上还留着两个鞋印。是德国空降兵的胶底鞋踩的。从鞋尖的方向来看，他们是绕着沼泽地走的。就让他们兜圈子去吧，我们要直接穿过沼泽地。现在给大家十五分钟时间，可以抽袋烟，方便方便……"

女战士们都嗤嗤地笑了，好像他说了句傻话。可是命令就是这样下的，条令里还写着呢。华斯科夫皱起眉头：

"不许嘻嘻哈哈！也不许到处乱跑！说完了。"

他指点她们，哪儿放背囊，哪儿堆大衣卷，哪儿架步枪，然后就解散了队伍。她们一下子都钻进树丛里，像一群耗子似的。

准尉取出一把小斧子，从一棵枯树上砍下六根结实的杆子，然后才在堆东西的地方坐下来抽烟。过了一会儿她们就都回来了，互相叽叽咕咕地说话使眼色。

“现在得格外小心。”军运指挥员说，“我打头，你们跟着，后面的要踩着前面人的脚印。左右两边都是泥塘，要是陷进去，连叫妈都来不及。每人拿一根杆子，迈步前先用它在烂泥里探一探。有问题没有？”

这次没人吭声。棕红头发的女战士只扬了扬头，可是没开口。准尉站起身，踩灭了扔在青苔上的烟头。

“喂，谁的劲儿大？”

“干什么呀？”莉扎·勃丽奇金娜迟疑地问。

“战士勃丽奇金娜替翻译背背囊。”

“干吗？”古尔维奇尖声问道。

“用不着问！……科麦莉科娃！”

“到！”

“替红军战士切特维尔塔克背背囊。”

“给我，切特维尔塔克，连步枪一块儿给我……”

“别多嘴！执行命令：个人武器个人携带……”

他一面喊，一面感到不对劲。不对，不能这样！靠嗓门儿能提高她们的自觉性吗？你可以喊得中风，但是毫无用处。然而她们的话也越来越多了，总是叽叽喳喳。对一个军人来说，叽叽喳喳等于要自己的命。这一点都不假……

“我再说一遍，就是说，不许出错。一个挨一个跟着我走。要踩着前面人的脚印走。先用杆子在烂泥里探一探……”

“能提个问题吗？”

老天爷啊，随你便吧！这些人没有一点耐性。

“什么问题，战士科麦莉科娃？”

"什么叫用杆子探？稍微探探吗？"①

这棕红头发的女战士装糊涂，从她眼睛里就能看出来。那双大眼睛哟，就像深渊一样危险。

"你们手里拿的是什么？"

"木头棍子……"

"那就叫杆子，清楚了没有？"

"现在清楚了，达里②。"

"什么远方？"

"达里是一部辞典，准尉同志。像本会话手册。"

"叶芙根妮娅，住嘴！"奥夏宁娜喊了一声。

"是啊，这条路很险，可不是闹着玩儿的。行进的序列是：我打头，我后面是古尔维奇、勃丽奇金娜、科麦莉科娃、切特维尔塔克。奥夏宁娜下士断后。有问题没有？"

"那儿水深吗？"

切特维尔塔克想知道水的深浅，倒不难理解，因为对她那样的小不点来说，连水桶都是深坑。

"有些地方深到……嗯，到这儿。差不离到你们腰部。要保护好步枪。"

他一步跨进泥塘，烂泥扑哧一声没到膝头。他向前走去，一步一晃，就像是踩在弹簧床垫上一样。他头也不回，单凭喘气声和惊慌的低语声掌握队伍行进的情况。

---

① 俄语中"用杆子"（слегой）和"稍微"（слегка）发音近似。

② 达里（Даль）是《大俄罗斯语详解辞典》的编纂者。Даль 作普通名词时是"远方"的意思。

沼泽地潮湿的空气里弥漫着一股憋人的腐烂气味。成群的春蚊把散发着热气的人体团团围住。烂草和沼气的怪味令人窒息。

姑娘们把全身的重量都支撑在长杆上，费劲地从吸人的冰凉的淤泥里拔出脚来。泡湿了的裙子粘在大腿上，枪托在烂泥里拖着。她们每移一步都要使上吃奶的力气，华斯科夫也放慢了步子，好让矮小的加尔卡·切特维尔塔克跟上。

前面是一座小岛，岛上有两棵因潮气过重而长得歪歪扭扭的小松树。军运指挥员双眼紧盯着两树之间的空隙，认准远处的一棵枯死的白桦，笔直向前走去。这是唯一能通过的路线！因为左右都没有下脚的地方了。

"准尉同志！……"

嘿，真见鬼了！……军运指挥员使劲儿把长杆往泥里一插，艰难地扭过身来。队伍果然拉长了，一个个都站在那儿不动。

"不许站着！站着会把人吸进去的！……"

"准尉同志，掉了一只靴子！……"

切特维尔塔克从排尾喊道。她立在那儿，活像个土墩子，连裙子都看不见了。奥夏宁娜挪到她跟前，搀住她。她俩都用长杆往泥塘里杵，是在找靴子？

"找着了吗？"

"没有！……"

科麦莉科娃把杆子往后一插，身子就往旁边晃了晃。幸亏被他及时发现了。他大吼起来，脑门上的青筋都暴出来了。

"往哪儿去?!……站住！……"

"我去帮……"

　　沼泽地潮湿的空气里弥漫着一股憋人的腐烂气味。成群的春蚊把散发着热气的人体团团围住。烂草和沼气的怪味令人窒息。

　　姑娘们把全身的重量都支撑在长杆上，费劲地从吸人的冰凉的淤泥里拔出脚来。泡湿了的裙子粘在大腿上，枪托在烂泥里拖着。她们每移一步都要使上吃奶的力气，华斯科夫也放慢了步子，好让矮小的加尔卡·切特维尔塔克跟上。

"站住！……不准往回走！……"

老天爷啊！他简直被她们搅糊涂了：一会儿下令不准她们站着，一会儿又叫她们站着。她们可千万别害怕，别惊慌。在泥塘里惊慌失措等于找死。

"镇静，一定要镇静！离小岛没几步了，到了那儿就歇一会儿。靴子找着了吗?"

"没有！……人在往下陷呢，准尉同志!"

"得往前走！这儿站不住，时间长了不行。"

"那靴子怎么办?"

"现在还找得着吗？前进！……跟我前进！……"他转过身子，向前走去，不再回头，"踩着前面人的脚印走。不许落后！……"

他有意大声喊着，想给大家鼓鼓劲儿。战士一听到口令，劲就会上来，对于这一点，他可有亲身体会，准没错。

终于到了。他最担心的是末了儿的几米，那儿的烂泥更深。腿已经抬不起来了，只有靠身体的冲力才能从这片该诅咒的烂泥中硬挤过去。既要有劲儿，还得会使劲儿，不过总算闯过来了。

华斯科夫走到小岛旁边可以站得住的地方便停住了。他让女战士们一个个从他身边过去，并帮她们登上坚实的地面。

"别急，慢着点。咱们要在这儿歇一会儿。"

姑娘们一上小岛，就瘫倒在去年的枯草上。她们的衣服湿透了，沾满了泥，累得喘息不止。切特维尔塔克连靴子带包脚布都送给了沼泽地，只穿着一只袜子上了岸，冻青了的大脚趾从袜子的窟窿里钻出来。

"怎么样，战士同志们，累坏了吧?"

战士们都不作声。只有莉扎应了一句:

"累坏了……"

"好啦，先歇歇。前面要好走一些，等我们到了那棵枯桦树跟前就算大功告成了。"

"要能洗洗才好呢!"丽达说。

"那边有条河汊子，水很清，两边又是沙岸，游泳都成。湿衣服嘛，只好穿在身上走着晾干了。"

切特维尔塔克叹了口气，怯生生地问:

"我丢了一只靴子怎么办啊?"

"想法子给你做一只树皮鞋。"费多特·叶弗格拉菲奇笑了，"不过不能在这儿做，过了沼泽地再说。能坚持吗?"

"能。"

"加尔卡，你真是个废物。"科麦莉科娃生气地说，"脚往外拔的时候，得往上翘脚指头。"

"是往上翘来着，可靴子还是掉了。"

"姑娘们，真冷啊。"

"我一直湿到……"

"你当我身上是干的? 我一脚没踩稳就坐在烂泥里啦!……"

她们呵呵大笑，可见，问题不大，缓得过来。别看都是女的，却仗着年轻，虽然力气不大，多少总还有点儿。不过千万别病倒了，这水凉得像冰一样……

费多特·叶弗格拉菲奇又狠狠地吸了一口烟，把烟头扔进泥塘，站起身来。他精神抖擞地说:

"喂，战士同志们，拿起你们的杆子，按原序列跟我走。到了那边岸上，咱们再洗洗涮涮，晒晒太阳吧。"

他从树根上猛地抬起脚来，一步跨进褐色的烂泥里。

最后这一段路也真够要命的。烂泥像燕麦粥一样，人在里头既站不住，也浮不起来。拨着烂泥前进，叫人累得汗如雨下。

"怎么样，同志们？"

他为了给大家鼓劲，头也不回地喊了一声。

"这儿有蚂蟥吗？"古尔维奇喘着气问。

她跟在准尉后面，顺着准尉拨出的水道往前走，比较省劲。

"这儿什么也没有，什么东西都活不成。"

左面鼓出一两个气泡，鼓着鼓着突然破了，像是沼泽发出一声长叹。后面有人惊慌地哎哟了一声，华斯科夫向大家解释道：

"这是沼气冒出来了，不用害怕。是我们打扰了它的安宁……"他想了一想又说，"听老人们讲，这是林妖藏身的地方，这当然是神话喽……"

他的近卫军战士都不说话了，又是呼呼喘气，又是哎哟哎哟地哼哼，可还是狠下一条心，拼死拼活地往前闯。

路比较好走了，烂泥稀薄了一些，脚底下也硬了点儿，有的地方甚至露出了土墩子。准尉故意不再加快速度，队伍靠拢了，一个跟着一个，几乎同时走到白桦树跟前。再往前就是一片小树林，还有土墩子和苔藓地。在这样的路上行走已经不算一回事儿了，况且地势越来越高，终于不知不觉来到一片遍地苔藓的干爽的松林。她们顿时一起叫喊起来，高兴得把杆子甩了。但是费多特·叶弗格拉菲奇命令她们捡起杆子，统统靠在一棵显眼的松树上：

"也许还有人用得上。"

他一刻也不让她们休息，连光着一只脚的加莉娅·切特维尔塔克也不加照顾。

"就一点儿路了，红军战士同志们，加一把劲儿。到了河汊子再休息。"

他们爬上一座小丘——透过小松树间的空隙看得见河汊。河水像泪珠一样晶莹明澈，两边是金黄色的沙岸。

"乌拉！……"棕红色头发的任卡喊起来，"浴场啊，姑娘们！"

姑娘们兴冲冲地嚷着，沿着斜坡向河边跑去，随手扔下大衣卷、背囊。

"站住！……"军运指挥员大喝一声，"立正！……"

姑娘们一齐站住，脸上露出诧异的，甚至委屈的表情。

"沙子！……"准尉怒气冲冲地接着说，"你们就把步枪往沙子里扔呀，好一伙战将。把枪靠在树上，明白吗？背囊、大衣卷——堆在一起。给你们四十分钟洗涮、整理的时间。我在树丛后面，喊一声就能听见。奥夏宁娜下士，你替我维持秩序。"

"是，准尉同志。"

"好吧，就这些了。四十分钟以后你们必须一切就绪。穿好军装、靴子，而且要干干净净的。"

他往下走去，挑了一个水深、有沙滩、周围有树丛遮掩的地方，取下身上佩带的东西，脱了靴子和衣服。姑娘们在另一边说话，但听不清，只有笑声和片言只字能够传进华斯科夫的

　　路比较好走了，烂泥稀薄了一些，脚底下也硬了点儿，有的地方甚至露出了土墩子。准尉故意不再加快速度，队伍靠拢了，一个跟着一个，几乎同时走到白桦树跟前。再往前就是一片小树林，还有土墩子和苔藓地。在这样的路上行走已经不算一回事儿了，况且地势越来越高，终于不知不觉来到一片遍地苔藓的干爽的松林。她们顿时一起叫喊起来，高兴得把杆子甩了。

耳里，也许正因为这个缘故，他老是侧着耳朵。

费多特·叶弗格拉菲奇先把马裤、包脚布和内衣洗干净，尽量拧干，晾在树丛上，然后浑身抹上肥皂，深深地呼吸了几下，在陡岸上跺了跺脚，鼓足勇气，猛地扎进深水里。等他从水里钻出来的时候，都透不出气了，冰凉的河水压迫着他的心脏。他真想拼命大叫一声，又怕吓着了他的"近卫军"，只好轻轻地咳了几声，一点也不过瘾。他洗掉身上的肥皂沫，就爬上岸。等他用粗毛巾把全身擦得通红，喘了喘气，才又去听那边的声音。

那边吵吵嚷嚷，就像农村姑娘冬夜聚会一样。她们七嘴八舌，抢着说话，谁也不听谁的，有时也听到她们一齐哈哈大笑，切特维尔塔克高兴地嚷了一声：

"喔唷，好任卡！哎呀，好任卡！"

"勇往直前！……"科麦莉科娃忽然叫起来，接着准尉听到树丛后面的河里扑通响了一声。

"真有你的，还游泳呢……"他对她产生了几分敬意。

一阵惊喜的尖叫声立即盖过了其他的声音，幸亏德国人离得远。起先根本弄不清她们尖叫些什么，后来听出奥夏宁娜厉声喊道：

"叶芙根妮娅，上岸！……立刻上岸！……"

四十分钟时间里当然什么也干不了，但也不可能等衣服干了再走，华斯科夫蜷缩着身子，穿上仍然潮湿的衬裤和马裤。好在还有一副备用的包脚布，所以穿靴子的时候，脚倒是干的。他穿好军服上衣，束紧皮带，收起东西，高声喊道：

"战士同志们，准备完毕没有？"

"等一等! ……"

嘻,果然如此!费多特·叶弗格拉菲奇笑了笑,摇摇头,刚张开嘴要吆喝她们,又听得奥夏宁娜喊道:

"过来吧,行啦! ……"

战士竟对长官喊"行啦"!要是认真计较的话,简直是藐视条令,不像话。但是军运指挥员也不过就这么想想而已,因为洗了澡,休息过来以后,他情绪好得简直像欢度"五一节"一样,况且他的"近卫军"服装整洁、笑嘻嘻地在那儿等着他呢。

"喂,怎么样,红军战士同志们,妥了吗?"

"妥了,准尉同志。叶芙根妮娅还在我们那边游泳来着呢。"

"科麦莉科娃,你真行。没冻着吧?"

"反正没人给我暖身子……"

"这张嘴可真要命!战士同志们,咱们吃点东西就上路,不能拖得太久!"

他们吃了点面包和咸鲱鱼,营养价值高的东西准尉先留着。大家又为那个没出息的切特维尔塔克做了一只树皮鞋。先往她脚上缠上备用的包脚布,外面再套上两只毛袜(女房东亲手织了送给他的),然后费多特·叶弗格拉菲奇用刚剥下来的桦树皮比着她的脚做了一只鞋底,再用绷带紧紧绑在她脚上。

"行不行?"

"太好了。谢谢您,准尉同志。"

"那么,战士同志们,出发吧。脚丫子还得受一个半小时的罪呢。到了那边要熟悉环境,做好准备,决定在什么地方怎样迎接客人……"

他带着姑娘们快步往前赶,好在行进中晾干她们的裙子和其他东西。姑娘们还真不错，顶下来了，只是走得脸上红扑扑的。

"喂，加油啊，战士同志们！跟我跑步前进！……"

直到跑得连自己都喘不过气来，他才改为走步，让大家歇口气，接着又下命令：

"跟着我！……跑步前进！……"

他们赶到沃皮湖时，太阳已经西沉了。湖水轻轻地拍打着岸边的巨石，岸上的松树在晚风中沙沙作响。准尉极目远望，水天之间不见一只小船，微风也没有送来一丝炊烟的气息。这一带战前就人烟稀少，如今更是一片荒凉，似乎所有的人——伐木工、猎人、渔夫还有树脂工都上前线去了。

"多静啊……"嗓音豁亮的叶芙根妮娅悄声说，"像梦一样……"

"过了左面的沙嘴就是锡纽欣岭。"费多特·叶弗格拉菲奇告诉大家，"锡纽欣岭的那一面紧挨着另一个湖，列贡特沃湖，从前有个看破红尘的出家人在那儿找了个清静的去处修行，他的法名叫列贡特。"

"这儿可真够清静的。"古尔维奇感叹着。

"德国人只有一条路可走：翻越两湖之间的锡纽欣岭。那儿遍地都是羊额石和跟房子一般大的石头。我们就要在这石头堆里按照条令的规定选择主阵地和预备阵地。选好阵地以后，我们就吃饭，休息，等他们来。是不是就这样办，红军战士同志们？"

红军战士同志们一个个都默不作声，陷入了沉思……

5

　　华斯科夫从来就觉得自己比实际年龄大。如果他十四岁那年不像一个有家小的人那样拼命干活，全家就得去要饭，况且那时候闹饥荒，许多方面还没有走上正轨，家里又只剩下他一个男劳力，吃穿全得靠他。他夏季务农，冬季打猎，快到二十岁的时候才知道人还该有歇息的日子。后来嘛，他参军了，军队可不是幼儿园……军队看重的是稳重，他也看重军队。结果在这期间他也没有恢复青春气息，反而成了准尉。准尉嘛，就是长字号的人喽，所以他在战士面前永远是长者，本该如此嘛。

　　于是费多特·叶弗格拉菲奇忘了自己的年龄。他只知道他比列兵和尉官大，跟所有的少校相仿，比任何一个上校都小。这倒不是说谁归谁管，而是指他待人接物的态度。

　　因此，他像长辈似的对待这群硬要他来指挥的女兵，仿佛他果真参加过国内战争，亲自跟夏伯阳在勒比辛斯克城下一块儿喝过茶。他之所以对她们这样，倒不是因为他有意如此，也不是因为他曾经发誓不近女色，而是出于那种长者的本能。

华斯科夫以前从来没有想到自己过于老成。只有今天，在这幽静而明亮的夜晚，他才动了疑念。

可是此刻离夜晚还早着呢，他们正在选择阵地。他的战士们在石头堆里跳上跳下，好似一群山羊，他突然也跟她们一起上蹿下跳起来，动作灵巧得连他自己都感到意外。然而惊讶过后，他又板起面孔，恢复了稳重的步态，遇到光滑的大石头就按规定做三个攀登动作，不再一跃而上了。

其实，这些都在其次。主要的是他找到了一处极好的能作纵深配置的阵地，几条隐蔽的通道前后相连，从森林到湖泊的整个地段一览无遗，遍布大羊额石的阵地，与湖岸平行向前伸展，它们之间只有一条没有屏障的狭窄通道。万一发生情况，德国人就得沿着这条路绕过山岭走上大约三小时，而他却可以穿过石滩直接后撤，早在敌人接近之前就已进入预备阵地。他是为了绝对保险才又选择了这处预备阵地，因为他蛮有把握在主阵地上收拾这两名敌特。

选好阵地后，费多特·叶弗格拉菲奇照规定计算了时间。算下来大约再过四小时德国人才会出现，因此他准许全体战士吃顿热饭，每两人一小锅。莉扎·勃丽奇金娜自告奋勇给大家做饭，准尉派那两个矮小瘦弱的姑娘跟她当搭手，还下令烧火不得冒烟。

"只要一冒烟，我就把锅里的汤汤水水全泼在火上。听清楚没有？"

"听清楚了，"莉扎吓得大气儿也不敢出。

"不，你并不清楚，战士同志。你真清楚的话，就会向我要把斧子派你的手下去捡枯树砍了。你还会叮嘱她们，要砍那种没长青苔，敲上去咚咚响的。这样，烧起来只有火，不冒烟。"

下命令归下命令，他还是给她们做了示范，砍了一捆枯枝，点起火堆。后来，他和奥夏宁娜研究地形的时候仍然不时回头张望。烟倒没有，只是石头上方的空气不断地震颤着，不过，能发现它的人，要么知道底细，要么眼力过人，德国人当然不可能有那样的好眼力。

华斯科夫趁三名女战士做饭的时候，带着奥夏宁娜下士和战士科麦莉科娃把整个山岭爬了一遍。他们确定了岗位、射界和方位物。费多特·叶弗格拉菲奇还根据条令的规定亲自用复步测定方位物的距离并标在射击要图里。

这时候他们被叫去吃饭。大家按照行军时的编组，成双作对地坐在一起，军运指挥员和战士古尔维奇分吃一小锅。她当然一味谦让，悄悄地把锅里的东西往准尉那头拨，自己却往往只用匙子碰碰锅碗算吃了。准尉不以为然地说：

"你别只敲不吃，翻译同志，你要明白，我不是你心上人，别尽把好的往我这边送。你就该像战士那样敞开肚子吃才对。"

"我是敞开肚子吃着呢。"她笑了。

"我可看见了！你瘦得活像春天的白嘴鸦。"

"我的体质就是这样嘛。"

"体质？……你瞧勃丽奇金娜，论体质她跟咱们大家都一样，可是人家身上长得……瞧着多来劲……"

饭后大家喝了不少茶。费多特·叶弗格拉菲奇在行军途中采了不少越橘叶，茶就是用越橘叶煮的。休息半小时以后，准尉下令列队。

"听我宣布战斗命令!"他庄严地说,尽管心里还有点嘀咕,如此这般地下命令是否妥当,"敌军以两名全副武装的兵力向沃皮湖地区运动,目的是要潜入基洛夫铁路和以斯大林同志的名字命名的白海—波罗的海运河区。我部六人奉命防御锡纽欣岭,并在该地俘获敌人。我左邻是沃皮湖,右邻是列贡特沃湖……"准尉停了停,干咳了两声,懊丧地想,这命令真该事先写在纸片上,接着又说:"我决定在主阵地迎击敌人,开火以前先喊话,叫他们投降。如果遇到抵抗,就击毙一名,另一名必须活捉。物资都留在预备阵地,由战士切特维尔塔克守卫。战斗行动在我下令以后才能开始。如果我阵亡,定由奥夏宁娜下士接替我指挥,万一她也牺牲,由战士古尔维奇接替她。有问题吗?"

"为什么偏把我算作替补队员呢?"切特维尔塔克委屈地问道。

"这没什么好问的,战士同志。下了命令,执行就是了。"

"加尔卡,你是我们的后备军。"奥夏宁娜说。

"没有问题,都清楚了。"科麦莉科娃斗志昂扬地说。

"既然都清楚了,那大家就进入阵地吧。"

他把战士一一领到预先和奥夏宁娜一起确定的岗位上,把方位物指给她们看,并且再次提醒大家要像老鼠那样不声不响地伏在那里。

"谁也不许动弹。先由我向他们喊话。"

"用德国话吗?"古尔维奇挖苦他。

"用俄国话!"准尉喝道,"要是他们听不懂,你再翻译。清楚了吗?"

没有人作声。

"要是跟敌人接火以后还这样爱抛头露面①，可别忘了卫生营不在跟前，亲妈也不在身边。"

他真不该提到亲妈，实在没这必要。为此他十分后悔，一会儿就要真枪实弹地干了，可不是在打靶场上！

"最好等德国人还在远处的时候就打。不然没等你们拉枪栓，他们就把你们打成筛子了。所以我命令你们趴着，绝对不许动。没听我亲口下令'开火'，你们就趴着。我可不会因为你们是女的就对你们客气……"费多特·叶弗格拉菲奇突然把话打住，甩甩手，"就这些，指示完毕。"

他划分观察区界，规定两人负责一区，四只眼睛一齐看。他自己爬得更高一些，用望远镜搜索树林的边缘，直到望得眼酸流泪。

大半个太阳已经藏到山后去了，华斯科夫身下的那块石头却还留存着白日的余温。准尉把望远镜搁在一边，垂下眼帘，希望松弛一会儿。忽地，那块暖融融的石头微微晃了一下，飘飘然浮往一个极幽寂的去处。费多特·叶弗格拉菲奇全然不曾意识到自己已沉入梦乡。他似乎觉得微风轻拂，还听见了簌簌的声音，但又像是躺在火炕②上头，身下忘了垫上块粗麻布，该把这告诉妈妈。他果真瞧见妈妈了，他那麻利而瘦小的妈妈。多年来她大抵都是瞅着空儿才能睡上片刻，可就连这瞬间的喘

---

① 俄语动词 высовываться 转义表示"抢着插话"，直译有"探头""探身"的意思。

② 俄罗斯式火炕同炉灶连在一起，上面可以睡人，但比中国的火炕高得多。

息也像是从她农妇的繁重的操持中偷出来的。他又看见了妈妈那双瘦骨嶙峋的手，她那患着风湿病和劳累过度的十指早已不能伸展自如了。他还看见了她那皱纹纵横、仿佛烟熏火燎过的面孔，枯焦的双颊上泪水涔涔。他醒悟过来，原来妈妈至今仍为死去的伊戈里克哀伤不止，引咎自责，悲恸万分。他正想劝慰她几句，却忽然有人碰着了他的脚，他自己也说不清为什么偏偏认准了那是父亲，吓了一跳。他睁眼看时，却见是奥夏宁娜，她正往石头上爬，在他脚上碰了一下。

"德国人来了？……"

"在哪儿？"她吃了一惊。

"嘿，真见鬼……我以为有情况呢。"

丽达端详了他好一阵，温和地笑了：

"您打个盹儿吧，费多特·叶弗格拉菲奇。我把大衣给您送来。"

"算了吧，奥夏宁娜。我这是累了。得抽根烟。"

他从石堆上下来，看见科麦莉科娃正在峭壁下梳头。头发披散着，遮住了脊背。这样的头发非得用手挽起来才能梳通。头发浓密而柔软，红铜色的。科麦莉科娃的两只手不慌不忙、有条不紊地梳着。

"这色是染的吗？"准尉问了一声，话刚出口，就怕马上招来一顿挖苦，破坏了眼前这种自然的气氛。

"天生的。我的头发太乱，是吗？"

"这倒没关系。"

"您放心吧，我们那边有莉扎·勃丽奇金娜守望着。她的眼睛好使。"

"行，行，你就整理①你的吧……"

唉，活见鬼，又进出这个词儿来，全因为条令上写着，所以永远刻在脑子里了。华斯科夫，你真是头笨熊，深山老林里的笨熊啊！

准尉皱着眉头，点上烟，顿时烟雾袅袅。

"准尉同志，您有家室吗？"

他回头一看，那幽绿的眸子穿过火焰般的红发正注视着他。它具有不可抗拒的威力，犹如152毫米的榴弹炮。

"有，战士科麦莉科娃。"

他当然是在说谎。不过还是这样好，给双方划一个界限。

"您的妻子在哪儿呢？"

"当然在家喽。"

"有孩子吗？"

"孩子？……"费多特·叶弗格拉菲奇叹了口气，"有过一个男孩儿，死了。刚好死在战争爆发之前。"

"死了？……"

她把头发往后一甩，看了他一眼——这目光简直钻透人的脏腑。她不再说什么——没安慰他，没开玩笑，也没说废话。华斯科夫反倒忍不住了，叹息道：

"是我妈没把他照看好……"

话音未落，他就懊悔了，马上跳起身来，拉平军上衣，就

---

① 俄文动词"整理"（оправляйся），在口语中又可表示"上厕所"。第四章里，准尉在行军路上第一次休息时说过；"现在给大家十五分钟时间……方便方便……"

　　他从石堆上下来，看见科麦莉科娃正在峭壁下梳头。头发披散着，遮住了脊背。这样的头发非得用手挽起来才能梳通。头发浓密而柔软，红铜色的。科麦莉科娃的两只手不慌不忙、有条不紊地梳着。

像要参加检阅似的。

"奥夏宁娜，你那边有什么情况？"

"没发现一个人影，准尉同志。"

"继续监视！"

接着，他挨个儿地察看了每个哨位。

太阳早已坠落，但还朦胧有光，如同黎明前一样，战士古尔维奇坐在自己岗位上的那块大石头后面，捧着一本小书，祈祷似的拖长了声音喃喃念着。费多特·叶弗格拉菲奇停了下来，听她念道：

> 诞生在那萧条年代的人啊，
> 不记得曾走在什么样的路上，
> 而我们是俄罗斯严峻岁月的儿女，
> 不能把往事遗忘。
> 你这令人耗尽心血的年代啊！
> 你在我们心中燃起的是疯狂，还是希望？
> 是战争的日子，是自由的日子①，
> 在我们脸上映出血色的反光……

"你念给谁听呢？"准尉走到她跟前问道。

女翻译很窘（毕竟是下了命令叫监视敌情，叫监视敌情！），她把书搁在一边，想站起来，准尉摆了摆手。

"我问你念给谁听呢？"

---

① 指日俄战争和1904年至1905年间俄国发生的革命事件。

"不给谁，念给自己听。"

"干吗要出声呢？"

"因为是念诗呀。"

"哦……"华斯科夫没有听懂她的话。他把书拿起来瞧了瞧——书很薄，跟掷弹筒教令差不多，又翻了几下，说道："别把眼睛看坏了。"

"还挺亮呢，准尉同志。"

"我说说罢了……还有，你别坐在石头上。石头散热快，没等你觉着的时候，就会从你身上吸走热气。你得把大衣垫在下面。"

"好的，准尉同志，谢谢您。"

"不过还是别念出声来。这一带晚上潮湿，空气密度大，傍晚和破晓时又非常静，一丁点儿声音五俄里外都能听见。要多瞧着点。多瞧瞧，战士古尔维奇。"

勃丽奇金娜的岗位靠近湖岸，费多特·叶弗格拉菲奇打老远就称心地咧开了嘴。这才是个懂事的姑娘呢！她折了许多罗汉松的树枝，垫在两石之间的凹处，再把军大衣铺在上面，真够老练的。他甚至动了好奇心：

"勃丽奇金娜，你是哪儿人？"

"勃良斯克人，准尉同志。"

"在农庄干过活吗？"

"干过，不过我主要是帮爸爸干活。他是护林员，我们住在护林所里。"

"难怪你学野鸭叫那么在行。"

她笑了。她们都爱笑，到现在也没有改变。

　　太阳早已坠落，但还朦胧有光，如同黎明前一样，战士古尔维奇坐在自己岗位上的那块大石头后面，捧着一本小书，祈祷似的拖长了声音喃喃念着。费多特·叶弗格拉菲奇停了下来，听她念道：

　　　　诞生在那萧条年代的人啊，

　　　　不记得曾走在什么样的路上，

　　　　而我们是俄罗斯严峻岁月的儿女，

　　　　不能把往事遗忘。

　　　　你这令人耗尽心血的年代啊！

　　　　你在我们心中燃起的是疯狂，还是希望？

　　　　是战争的日子，是自由的日子，

　　　　在我们脸上映出血色的反光……

"什么也没发现吗?"

"暂时还没有。"

"你什么都别放过,勃丽奇金娜。看看树梢晃了没有,鸟儿有什么动静。你是在树林里长大的,这些都明白。"

"我明白。"

"就这样……"

准尉来回踱了几步。好像是该说的都说了,该指示的也指示了,真该走了,可是两条腿不听使唤。这个姑娘可真是自己人,树林里长大的,她给自己安排得真惬意,她身上散发出一股热乎劲儿,就跟他刚才梦见的亲切的俄罗斯炉炕一样。

"莉扎,莉扎,莉扎维塔,你为什么不理我,为什么不给心上人唱支歌,莫非你嫌他不漂亮?"军运指挥员一边挪着步子,一边用呆板的声调念着,速度快得像念绕口令。接着,他解释了一句:"我家乡有这样一首歌。"

"我们家乡也……"

"以后咱们一块儿唱,莉扎维塔。完成了战斗任务,咱们就一块儿唱歌。"

"真的?"莉扎笑了。

"是啊,我这不是说了吗!"

准尉忽然大着胆子对她眨了眨眼,可自己先害臊了,他把军帽戴正,走了。勃丽奇金娜冲着他背后喊道:

"好吧,你记着点,准尉同志,你可答应啦! ……"

他什么也没回答,但是一路微笑着,直到翻过山岗来到预备阵地。一到这儿他立刻收起笑容,四处寻找战士切特维尔塔克,不知她躲哪儿去了。

原来，战士切特维尔塔克坐在峭壁下面的背囊上，双手笼在袖子里，军大衣把身子裹得严严的。竖起的大衣领子遮住了她的头和军帽，只有一个通红的大鼻子泄气似的露在外面。

"你怎么缩成一团啦，战士同志？"

"冷……"

华斯科夫刚把手伸过去，她猛地一躲。难道这傻丫头当是准尉要来搂她……

"天哪，你别躲了！把脑门儿伸过来，行吗？……"

她伸出脖子。准尉按紧她的脑门，摸摸有没有烧：怪烫的。真他妈见鬼了！

"你发烧了，战士同志，自己觉得吗？"

她没吭声，翻着一双忧郁的眼睛，小母牛似的，一副怨天尤人的神情。瞧，这都是沼泽地闹的，华斯科夫准尉同志。瞧，还不就怪那只丢失的靴子、你的快速行军和五月阴冷的天气嘛。你就背着这个丧失战斗力的士兵吧——这个全队的负担和你良心上的包袱。

费多特·叶弗格拉菲奇抽出自己的背囊，解开带子，伸进手去。背囊角落里塞着一件最要紧的应急储备物——满满地装着七百五十克酒精的军用水壶。他往缸子里倒了一点。

"就这么喝呢，还是掺和点水？"

"这是什么呀？"

"药水。好吧，酒精，喝吗？"

她连连摆手，身子不住地往后缩：

"哎哟，您这是干什么……"

"我命令你喝！……"准尉稍微想了想，兑上一点水，"喝吧，掺上水了。"

"不，您这是干什么……"

"喝，不许犟嘴！……"

"您到底想干什么！我妈妈是干医务工作的……"

"这儿没有什么妈妈，只有战争，只有德国鬼子，还有我，华斯科夫准尉。没有什么妈妈。只有熬过这场战争的人才会有妈妈呢。明白了吗？"

她伴着眼泪把酒精咽下去了，呛得出不了气，咳嗽起来。费多特·叶弗格拉菲奇轻轻拍了拍她的背。难受劲儿过去了。她用手掌抹得满脸都是泪水，又笑了。

"我的脑袋……飞起来了！……"

"明天就能把它追回来。"

准尉给她拽来一捆树枝，摊在地上，再把他自己的军大衣盖在上面。

"休息吧，战士同志。"

"您没有大衣怎么行啊？"

"我壮实着呢，不用担心。不过，这一夜你可得养好。一定要好，我恳求你。"

万籁俱寂。森林、湖泊，一切都沉浸在睡梦里，似乎销声匿迹了，就连空气也不例外。半夜已过，第一天开始了，可是德国人还是毫无踪影。丽达不时看华斯科夫一眼，等他们单独在一起时问道：

"说不定我们白等了吧？"

"说不定真白等了。"准尉叹了口气，"可我想不会，除非你当初把树墩子当成鬼子了。"

在这之前军运指挥员已经取消了夜晚守卫阵地的命令。他把战士撤到预备阵地，命令她们多折些树枝铺在地上睡觉，他不叫，她们就别起来。他本人仍然留在主阵地，奥夏宁娜坚持要跟他一起留下。

德国人迟迟不来，使费多特·叶弗格拉菲奇大伤脑筋。是啊，他们也许压根儿不会到这里来，也许打算从别处上路，也许另有任务，全不是准尉替他们设想的那些。也许他们已经犯下弥天大罪，诸如暗杀首长、炸毁重要设施等等。你就上军事法庭去解释吧，为什么不搜索森林，擒拿德寇，反而跑到一个鬼才知道的什么地方去了。是爱护战士吗？怕让她们跟敌人直接交手吗？这不能成为贻误军令的理由。不，这实在不成其为理由。

"您最好先睡一会儿，准尉同志。拂晓时我叫您……"

去它的吧，哪儿睡得着啊！军运指挥员现在连冷的感觉都没有了，尽管只穿着一件单衣……

"你先别让我睡觉啦，奥夏宁娜。你明白吗？要是我放走了鬼子，我就该永远安息了。"

"兴许他们这会儿在睡觉呢，费多特·叶弗格拉菲奇？"

"睡觉？"

"是呀！他们也是人哪。您自己说过，他们去铁路唯一合适的路线是走锡纽欣岭，而到锡纽欣岭他们得走上……"

"慢着，奥夏宁娜，慢着！得走上五十俄里，这没错，甚至还要多。再说，他们地形不熟，疑神疑鬼，……怎么样？我想得对吗？"

"是这样，准尉同志。"

"既然是这样，那么，他们自然可能在风暴刮倒的林子里找个地方休息休息了，一直睡到太阳出来。而太阳一出来……怎么样？……"

丽达笑了。她又对准尉端详了半天，就像娘儿们看娃娃那样。

"因此，您也可以休息到太阳出来。我会叫您的。"

"我没法睡，奥夏宁娜同志……玛格丽达，你的父名是？……"

"就叫我丽达好了，费多特·叶弗格拉菲奇。"

"咱们抽烟吧，丽达同志？"

"我不会抽烟。"

"是啊，他们也是人啊，这一点我怎么没想到呢。你提醒得好：他们也得休息。你去吧，丽达。休息去吧。"

"我不想睡。"

"还是躺一会儿吧，伸伸腿。你不习惯走远路，现在准是累得腰酸腿痛了，是吗？"

"我恰好很习惯，费多特·叶弗格拉菲奇。"丽达笑了笑。

不过准尉还是说服了她，丽达在未来的前沿阵地上，在莉扎·勃丽奇金娜为她自己铺好的树枝上就地睡下。丽达裹好军大衣，想在天亮前打个盹儿，顿时便睡着了。她酣然沉睡，连梦都没做，像死了一般，直到准尉拉她的军大衣才醒过来：

"什么事？"

"小点儿声！听到没有？"

丽达掀开大衣，拉了拉裙子，跳起来。太阳已经离开地平线，把山岩染成粉红色。丽达向前望了一眼，只见一群鸟儿叽喳高叫着飞过远处的树林。

"鸟儿在叫……"

"这是喜鹊!……"费多特·叶弗格拉菲奇小声笑了,"是白肋喜鹊在乱叫,丽达。一定有人在那边走动,惊扰了它们。准是客人到了。快去,奥夏宁娜,把战士们都叫起来。快跑!但要注意隐蔽,别让人家……"

丽达跑开了。

准尉趴在他自己的岗位上——比其他人都靠前,地势也最高,他检查了转轮手枪,又把子弹推入步枪枪膛。他举起望远镜,对着初升的太阳映照下的树林边缘来回搜索。

喜鹊在树丛上空盘旋,喳喳高叫,喧闹不已。

战士们过来了。她们默不作声地进入各自的岗位,卧倒在地上。

古尔维奇悄悄爬到他跟前:

"您好,准尉同志。"

"你好。那个切特维尔塔克怎么样了?"

"还在睡呢,没叫她。"

"很好。你就在我身旁吧,当联络员。可千万别探头。"

"我不探头。"古尔维奇说。

喜鹊在越来越近的地方起飞,有些地方树梢都颤动了,费多特·叶弗格拉菲奇还仿佛听到枯枝被不速之客沉重的脚步踩断的声响。后来好像一切都静止了,似乎喜鹊也安宁了。但准尉知道,有人蹲在林边的树丛里,仔细观察湖岸和这边树林中的动静,仔细观察位于他们必经之路上的山岭,也就是准尉本人以及那些睡梦初醒、脸上还染着红晕的战士眼下藏身的地方。

那事物更迭、因果交替、机缘出现的神秘时刻来到了。平日里，人们从未注意过它，但在战场上，当神经紧张到了顶点，当生存的原始意愿——保存自己——重新占据了生命攸关的首要位置时，那神秘的一刹那就变得现实起来，仿佛能被人们感触到，并且漫长得没有尽头。

"好，来吧，来吧，来吧……"费多特·叶弗格拉菲奇无声地嘟囔道。

远处的树丛轻轻动了一下，两个德国人从林子里小心地钻了出来。他们穿着染上灰绿斑点的伪装服，可是阳光逼射着他们的脸，所以军运指挥员把他们的每个动作都看得一清二楚。

他们把手指放在冲锋枪的扳机上，弯着腰，蹑手蹑脚地向湖边移动……

但是华斯科夫已经不再看着他们两个了，他不再看着他们，是因为在他们背后，树丛仍然不停地颤动，从那里，从树丛的深处，一个又一个身穿灰绿色伪装服，手里端着冲锋枪的家伙鱼贯而出。

"三个……五个……八个……十个……"古尔维奇低声计着数，"十二个……十四个……十五个……十六个……十六个，准尉同志……"

树丛不再颤动了。

喜鹊飞着，飞着，喳喳的叫声渐渐远去了。

十六个德国鬼子警觉地四下张望着，顺着湖畔朝锡纽欣岭慢慢走来……

6

费多特·叶弗格拉菲奇一辈子都在执行命令。他执行命令刻板、迅速，心里也感到满意，因为他认为自己生存的全部意义就在于一丝不苟地执行他人的意志。作为一个执行者，他受到上级的器重，此外对他没有更多的要求。他是一架精心调试好的庞大机器上的一个传动齿轮：自身旋转，又带动别的齿轮，却从不考虑旋转始于何处，传向何方，又如何终结。

这时候德国人正顺着沃皮湖畔慢慢向前走，朝着他和他的战士走来，她们趴在石头后面，按照命令把结实的面颊紧贴在冰凉的枪托上。

"十六个，准尉同志。"古尔维奇重复了一遍，嗓音低得几乎听不见声。

"看见了。"他一动也不动地说，"你到散兵线去，古尔维奇。叫奥夏宁娜马上把战士撤往预备阵地。要注意隐蔽，隐蔽！……站住，别忙！……把勃丽奇金娜给我叫来。要爬着去，翻译同志。眼下咱们得爬着过日子了。"

古尔维奇匍匐着前进，在乱石之间艰难地绕来绕去，消失了。军运指挥员希望能心生一计，当机立断，可是脑子里却空空如也，只有多年来形成的心理状态纠缠着他：必须报告。必须立即报告上级，情况有变化，他这点兵力既不能保卫基洛夫铁路，也无法保卫斯大林运河。

他的队伍开始往后撤：这儿有支步枪磕了一下，那儿又有人踩落了一块石头。这些声响使他心惊肉跳，尽管德国人离得老远，什么也听不见，费多特·叶弗格拉菲奇还是吓得魂不附体。哎，要是现在有一挺弹盘压得满满的机枪和一名精悍的副射手该多好！也不一定非要捷克加廖夫式机枪不可，只要有三支掌握在训练有素的男兵手里的冲锋枪，也能解决问题……可是他既没有机枪，又没有男射手，只有五个动不动就发笑的姑娘，而且每支步枪仅仅配备了五夹子弹。正因为如此，华斯科夫准尉在那露水遍野、寒气袭人的五月清晨竟大汗淋漓了……

"准尉同志！……准尉同志……"

军运指挥员用袖子把汗水尽量擦干，才扭过头来，对那双近在咫尺，睁得大大的眼睛使了个眼色：

"振作起来，勃丽奇金娜。他们来了十六个，这倒好。明白吗？"

为什么来了十六个倒比两个好，准尉没有说明，但莉扎还是向他点了点头，表示有同感，脸上勉强露出了笑容。

"还记得清回去的路吗？"

"嗯，准尉同志。"

"你看着：鬼子的左面有片小松林。你穿过松林就顺着靠湖的林子边缘走。"

"就是您砍枯树枝的地方吗？"

"你可真行，姑娘！从那儿就奔河汊。一直走，到了那边就不会迷路了。"

"这我明白，准尉同志……"

"慢着，莉扎维塔，你先别急。关键是过沼泽地，明白吗？能涉水过去的地方很窄，左右全是陷人的泥坑，方位物是那棵白桦树。到了白桦树跟前，对准小岛上的那两棵松树取直线走。"

"嗯。"

"你在小岛上稍微喘喘气，别马上下去。离开小岛的时候要瞄准那个烧焦的树墩子，我就是从那儿跨进泥塘的。你一定要瞄得准准的，它很好认。"

"嗯。"

"你向基里娅诺娃报告情况。我们在这儿让鬼子兜一阵圈子，不过支持不了多久，这你自己也清楚。"

"嗯。"

"步枪、背囊、军大衣——都撂下。轻装上路。"

"那么，我现在就走？"

"下泥塘前别忘了拿杆子。"

"嗯。我走啦。"

"快去吧，莉扎维塔。"

莉扎不声不响地点了点头，走到一旁。她把步枪靠在石头上，把子弹盒从皮带上卸下来，若有所失地对准尉望了又望。但是华斯科夫正监视着德国人，没看见她那双惊惶的眼睛。莉扎轻轻地叹了口气，紧了紧皮带，便弯腰向松林跑去，两只脚微微擦着地，世界上所有的女人都是这样跑步的。

敌人离他们已经相当近，连面孔都看得清了，可是费多特·叶弗格拉菲奇依然伸开四肢趴在石头上。他一面望着锡纽欣岭和树林子之间的那片小松林，一面侧目窥视德国人。树梢摆动了两下，但很轻微，仿佛是被飞鸟碰的，于是他想，派莉扎·勃丽奇金娜回去算是对了。

他断定敌人没发现联络员以后，便把步枪上了保险，爬到石头后面。他拿起莉扎留在那儿的武器，径直向预备阵地跑去，至于往哪儿下脚才不会弄出响声，就全凭第六感觉了。

"准尉同志！……"

女战士们飞跑到他跟前，就像一群麻雀扑到大麻丛上一样。连切特维尔塔克也从大衣堆下面钻了出来。全乱套了。真该训她们一顿，下一道命令，申斥奥夏宁娜没派岗哨。他已经要开口了，像长官那样皱起眉头，可是等他望见那一双双神情紧张的眼睛时，他就像是在农庄庄员的田间宿营地里那样说：

"姑娘们，大事不好。"

他正要坐在石头上，古尔维奇忽然拦住他，麻利地给他垫上自己的军大衣。他感激地向她点点头，坐了下来，拿出烟荷包。女战士们一个挨着一个站在他面前，不声不响地看着他卷纸烟。华斯科夫瞧了切特维尔塔克一眼：

"你怎么样啦？"

"不要紧了。"她想笑，却力不从心，嘴唇不听使唤，"我好好睡了一觉。"

"这么说，他们一共有十六个。"准尉尽量平静地说，每一个字眼都加以推敲，"十六支冲锋枪，够劲儿的。正面抵挡不住他们。可是不挡住也不行，大约再过三个小时他们就要到这儿了，估计是这样。"

奥夏宁娜和科麦莉科娃交换了一下眼色。古尔维奇不断抚摸着膝盖上的裙子，切特维尔塔克凝视着他，把眼睛都瞪圆了。这一切军运指挥员都觉察到了，全看见了，也听到了，虽然他似乎只顾吸烟，翻来覆去看着手里的烟卷。

"我派勃丽奇金娜回驻地了。"他停了停说，"估计援军夜里才能到，早不了。如果我们投入战斗，支持不到夜里。在哪个阵地上也不成，因为他们有十六支冲锋枪。"

"那怎么办？就眼睁睁地看他们从这儿过去吗？"奥夏宁娜低声问道。

"决不能让他们从这儿过去，越过锡纽欣岭。"费多特·叶弗格拉菲奇说，"得让他们偏离原定的路线。叫他们兜圈子，绕着列贡特沃湖走。可是用什么法子呢？光靠打不行，我们顶不住。这就要靠你们出点子了。"

准尉就怕叫她们看出自己心里的惊慌。这一旦被她们神奇的本能觉察到了，就什么都完了。他的权威，他的指挥官的意志，连同她们对他的信任，就再也不会有了。所以他讲话不提高嗓门，故意显得镇定自若，所以他抽烟时的神态就像是坐在墙外土台上跟邻居闲聊一样。可是他自个儿却在搜肠刮肚，转动他那并不机灵的脑筋，仔细琢磨各种可能性。

准尉先命令战士们吃早饭。她们差点儿没恼火，但被他制止了。他从背囊里掏出那块咸猪油。不知是咸猪油还是命令更起作用，反正战士们大嚼起来。费多特·叶弗格拉菲奇后悔刚才一着急竟让莉扎·勃丽奇金娜空着肚子赶那么远的路。

　　早饭后，军运指挥员用凉水湿了脸，细心地刮了胡子。他的剃刀还是父亲留下的呢，自家淬火打的，理想极了，可还是划破了两处。他扯下两小条报纸粘上了，科麦莉科娃从背囊里掏出一小瓶花露水，亲手给他抹在伤口上。

　　他做这些事的时候不慌不忙，不动声色，然而时光在流逝，思绪在脑海里翻滚，就像小鱼在浅水里乱窜。他怎么也理不出个头绪来，可惜不能拿起斧子去劈柴。劈上一阵，心里就平静了，便会屏除无用的想法，找到摆脱这种处境的出路。

　　德国人钻到这儿来当然不是为了交战，这一点准尉很清楚。他们选择荒无人烟的地方走，行动异常谨慎，还远远地派出巡逻小组，这是为什么呢？就是为了不让对方发现，避免交锋，神不知鬼不觉地绕过可能碰上的阻截部队，接近他们的主要目标。这么说，是不是应该让鬼子看见他，而他假装没有发现鬼子呢？……倘若如此，他们说不定会退回去，改道而行。而要改道，就只有绕着列贡特沃湖走了，还得再走一天一夜……

　　然而，他又有多少兵力可以向德国人显示呢？就这四个姑娘加上他本人吗？好吧，就算使他们耽搁一阵子，他们准会派出侦察兵，研究一番，总会弄清这支阻截部队一共才五人。然后呢？……然后嘛，华斯科夫准尉同志，他们绝对不会退往别处了。他们会把你包围起来，用不着开枪，五把刀子就能把你的队伍全收拾了。说真的，他们又不是笨蛋，才不会见了四个姑娘和一个仅有一把转轮手枪的准尉就往森林里狼狈逃窜……

　　费多特·叶弗格拉菲奇把所有这些想法都告诉了奥夏宁娜、科麦莉科娃和古尔维奇这三名战士。切特维尔塔克睡足了觉，自告奋勇去站岗了。他把自己的心里话全抖出来，然后又补充道：

"如果在一小时或一个半小时以内想不出别的办法，那就只好照我刚才说的去做。你们做好准备吧。"

做好准备……有什么好准备的？难道叫她们准备到另一个世界去?! 要是到那儿去的话，准备的时间越少越好……

可他还是做了准备。从背囊里掏出一颗手榴弹，把转轮手枪擦干净，在石头上磨快了短刀。这就是全部的准备工作。可是姑娘们连这点活也没有。她们在一边叽叽咕咕地争论了一阵，然后走到他跟前说：

"准尉同志，他们要是碰上了伐木工人呢？"

华斯科夫没听懂她们的意思。什么伐木工人？哪儿来的伐木工人？……现在不是在打仗吗？树林里不见人的踪影，你们自己都瞧见了。于是姑娘们就向他解释，军运指挥员恍然大悟了。不论是什么部队，其配置地点都有分界线，精确划分的分界线。他们知道友邻是什么部队，四处都有岗哨。伐木工人就不然了，他们在树林里，按作业组分散干活，谁想到密林深处找他们，就请试试吧。德国人会去找他们吗？哼，未必，这太危险了，稍一疏忽就完蛋。伐木工人会标明位置，向有关方面报告。总之，外人永远弄不清楚究竟有多少人在砍树，在哪儿砍树，他们的联络方法……

"嘿，姑娘们，你们可真了不起呀！……"

一条小河从预备阵地向后面流过，河水虽浅，但可以听到哗哗的流水声。河对岸，密林一直伸展到水边，一片黑黝黝的白杨和罗汉松，中间夹杂着风暴刮倒的树木，两步以外视线就被灌木丛组成的绿色天然屏障挡住，用任何型号的蔡司牌望远镜也无法洞察它后面的虚实和它本身的厚度。费多特·叶弗格拉菲奇决定采纳姑娘们的计划时，心里想的就是这片密林。

为了叫德国人知道这里有人，过不去，他派切特维尔塔克和古尔维奇到树林的中段去点起几个火堆，烟越浓越好，还要呐喊，呼唤，好使整个树林子都回荡着响声。不过别在树丛中暴露太多，只要恍恍惚惚显出有人就行，千万不要过分。他还叫她们脱下靴子。靴子、军帽、皮带——凡带军人标志的服饰一律去掉。

从地形上判断，德国人只能试图从左面绕过这几堆火，因为右面的峻岩峭壁一直延伸到河边，无路可走。不过为了稳妥起见，他还是把奥夏宁娜派到那里，给她下了同样的命令：要显出有人在，高声喧哗，再点上一堆火。守卫左翼的任务由他本人和科麦莉科娃担任，因为这里没有别的屏障。不仅如此，从这儿可以监视整个河滩，万一德国鬼子硬要过河，他还有时间干掉他两三个，好让姑娘们撤下去，四散跑开。

剩下的时间不多了，华斯科夫增派了一名岗哨后，赶紧跟奥夏宁娜和科麦莉科娃着手准备。在女战士们搬枯枝架火堆的当儿，他抡起斧子，放开手脚（就是叫鬼子听见，就是要他们提防着！）砍起树来。他拣高的，敲上去响声大的砍，把一棵树砍到一推就能倒下的程度，便立刻跑去砍另一棵。汗水迷住了他的眼睛，蚊子咬得他难忍难熬，可是准尉还是上气不接下气地砍了一棵又一棵，直到古尔维奇从前沿的潜伏哨跑来。她还在对岸就挥手呼叫：

"来了，准尉同志！……"

"各就各位。"费多特·叶弗格拉菲奇说,"各就各位,姑娘们,我求你们千万小心。在大树后面才许露露身影,灌木后面可不行。喊的声音要尽量响些……"

他的战士散开了。只有古尔维奇和切特维尔塔克还在河对岸磨蹭,原来是切特维尔塔克怎么也解不开捆树皮鞋的绷带。准尉走到她跟前:

"等等,我来抱你过河。"

"哎哟,那怎么成呢,准尉……"

"河水冰凉,你病还没好利落呢。硬要自己过河,等着瞧吧。"

他估量了一下,一把抱起红军战士(超不过五十公斤,简直不算一回事儿)。她一只手搂住他的脖子,不知道为什么脸霍地红了,一直红到脖子根。

"你就像抱着个娃娃似的……"

准尉本想跟她开个玩笑——是啊,他抱的究竟不是一根木头,可说的完全是另外的话:

"过了河别老往潮湿的地方跑。"

河水几乎没到膝盖,凉得刺骨。古尔维奇撩起裙子,迈开两条细瘦的腿,吃力地在前面蹚着,还摆动着靴子保持平衡。她回头一看:

"嘿,水真够凉的!哎呀……"

她立刻放下裙子,下摆在水里拖着。军运指挥员气冲冲地喊道:

"把裙子撩起来!"

她笑着站住了:

"条令中可没有这样的口令，费多特·叶弗格拉菲奇……"

真不赖，还开玩笑呢！这使准尉高兴，所以他回到自己的左翼阵地时心情很好，科麦莉科娃正在那儿点火堆。他使出吃奶的力气吼起来：

"姑娘们，加油干啊！……"

奥夏宁娜从老远的地方答话：

"哎！……伊凡·伊凡内奇，把大车赶过来！……"

战士们喊的喊，叫的叫，推倒砍过的树，互相吆喝，点燃柴堆。准尉有时候也喊几声，让对方听到还有男人的声音，但他更多的时间是蹲在柳树丛里警觉地注视着对岸的灌木丛。

过了很久也没发现对面有什么异样。他的战士们已经喊累了，砍过的树也都被奥夏宁娜和科麦莉科娃放倒了，太阳从树林后面升起，把小河照得透亮。但对岸的树林里还是没有动静。

"说不定走了？"科麦莉科娃在他耳边低声说。

鬼才晓得呢，说不定真走了。华斯科夫又不是炮队镜①，他也可能没发现鬼子已经往岸边爬来了。本来嘛，他们也准是久经沙场的老手。要执行这种任务是不可能随便找些人来凑数的……

他心里这样估量着，可嘴里只说了两个字：

"等着。"

他又紧盯着那些每根枝条都仔细观察过的树丛，直到流出眼泪来。他眨了眨眼睛，又用手掌揉了揉——蓦地全身战栗了一下：几乎正对着他们，河对岸的赤杨树丛抖动了，接着树枝

----

① 炮兵用来进行观察和测量角度的仪器。

分开，清晰地露出一张长满褐色胡子的年轻面孔。

费多特·叶弗格拉菲奇把手向后伸去，摸着一个浑圆的膝盖，紧紧捏了一下。科麦莉科娃的嘴唇凑在他耳边说：

"看见了……"

靠下一点的地方又露出一张脸。这两个家伙钻出树丛，都没背背囊，轻装向岸边走来。他们枪口朝前，眼光向着熙熙攘攘的对岸扫来扫去。

华斯科夫心头一颤：侦察兵！可见他们还是下决心侦察密林，弄清究竟有多少伐木工人，在他们之间找个空当穿插过去。这下子前功尽弃了，华斯科夫他们苦思冥想、狂喊乱叫、点燃柴堆、大砍树木——全是白费心机。德国人并没吓着，他们马上就要过河，钻进树丛，像蛇一样朝着姑娘们的喊声、火堆和嘈杂声爬来。他们屈指一数，摸清情况，然后……然后便明白了，原来不过是……

费多特·叶弗格拉菲奇生怕碰着树枝，慢慢地掏出转轮手枪。他有把握在这两个家伙靠岸以前就在水里干掉他们。当然，那时鬼子的冲锋枪会对他开火，剩下的冲锋枪会一齐向他猛烈扫射，可是姑娘们可能还来得及撤走，隐蔽起来。不过先得把科麦莉科娃支开……

他回头一看，叶芙根妮娅跪在他背后，气狠狠地把套头军服从头上扯下来，扔在地下，毫不隐蔽地跳起来。

"别动！……"准尉悄声说。

"拉娅、维拉，游泳去啊！……"任卡响亮地喊了一声，便分开树杈，一直向河边走去。

费多特·叶弗格拉菲奇下意识地抓起她的军上衣，紧紧贴在胸口。线条优美的科麦莉科娃此刻已经走到洒满阳光的石滩上。

对岸的树枝摇晃了一下，遮住灰绿色的身影。叶芙根妮娅抖动了几下膝盖，从容不迫地脱下裙子、衬裙，摸了摸黑裤衩，突然用尖嗓子高唱起来，也可以说是高喊起来：

> 正当梨花开遍了天涯，
>
> 河上飘着柔曼的轻纱……

啊，此刻她多美，美得惊人！挺秀的个子、白嫩的皮肤、婀娜的身段——却在十米外的冲锋枪枪口之下。她突然不唱了，一步迈进水里，一边喊叫着一边快活地把水哗啦哗啦往身上泼。水珠在太阳下闪光，顺着她那温暖而富有弹性的身体淌下来，军运指挥员几乎停止了呼吸，恐怖地等着对岸的枪声。眼看就要……眼看就要飞来一梭子弹——把任卡打穿，她双手一扬，就……

树丛里毫无声息。

"姑娘们，快来游泳呀！……"科麦莉科娃响亮而快活地喊道，一面在水里跳起舞来。"叫伊凡来！……喂，瓦纽沙①，你在哪儿呀？……"

费多特·叶弗格拉菲奇抛开她的军上衣，把转轮手枪装进皮枪套，飞快地爬进树林深处。他抡起斧子，跑到一边往一棵松树上狠命地砍了一下。

---

① 伊凡的爱称。

"哎，就来！……"他叫起来，又照着树干砍了一下，"我们就来，你等一会儿！……喔嗬嗬！……"

他从来没有用这么快的速度砍过树，也不知从哪儿来的力气。他用肩膀顶着树干，把它推倒在一片枯干的罗汉松上，好让它发出更大的响声。随后又上气不接下气地爬回刚才进行观察的地方，往外瞭望。

任卡站在岸上——身子的一侧对着他，另一侧对着德国人，她若无其事地套上薄薄的丝衬裙，它紧贴着皮肤，慢慢渗湿，从树梢上斜射过来的阳光照得它几乎透明了。这她心里当然明白，正因为明白，所以才不慌不忙地弯下身子，把一头棕红头发披在肩上。一种可怕的等待再度使华斯科夫心急如焚，他觉得马上会从树丛中射出一梭子弹，击中并毁灭这生机旺盛的年轻躯体，把它打得血肉模糊。

只见隐秘部位的雪肌一闪，任卡已把衬裙遮盖着的湿裤衩脱下来，拧干，然后平铺在石头上。她在旁边坐下，伸直了两条腿，把一头松散垂地的长发直对着太阳。

而对岸还是一片寂静，鸦雀无声，树丛里毫无动静，不管华斯科夫如何用心观察，也弄不清德国人仍在原地呢，还是已经撤离了。没有工夫推测了，军运指挥员急忙脱掉套头军上衣，把转轮手枪塞进马裤口袋，便往河岸走去，一路上把枯枝踩得噼啪乱响。

"你在哪儿呢？……"

他本想高高兴兴地大喊一声，可是嗓子像是被人掐住了。他钻出树丛，走到开阔的地方——吓得心差点儿没从胸膛里蹦出来。他来到科麦莉科娃跟前：

　　费多特·叶弗格拉菲奇下意识地抓起她的军上衣，紧紧贴在胸口。线条优美的科麦莉科娃此刻已经走到洒满阳光的石滩上。

　　对岸的树枝摇晃了一下，遮住灰绿色的身影。叶芙根妮娅抖动了几下膝盖，从容不迫地脱下裙子、衬裙，摸了摸黑裤衩，突然用尖嗓子高唱起来，也可以说是高喊起来：

　　　　正当梨花开遍了天涯，

　　　　河上飘着柔曼的轻纱……

"区里来电话说，汽车马上就到。你穿上衣服吧。别再晒了。"

他是喊给河对岸听的，所以科麦莉科娃回答了什么，他反而没听清。他此刻全神贯注，心里只有对岸的德国人，他们藏身的树丛，似乎只要有一片树叶稍稍颤动，他立刻就能听到，就能发现，并且还来得及扑倒在这块大圆石后面，及时掏出手枪。但是眼下对岸仿佛一点动静也没有。

任卡抓住他的手，拉他坐下，他就挨着她坐下了。他忽然看见任卡在笑，但她那双睁圆的眼睛里，像充满泪水似的，充满了恐惧。这种恐惧既沉重又躁动，犹如水银一般。

"走吧，科麦莉科娃。"华斯科夫说，使出全身的力气装出一副笑脸。

她还说了些什么话，甚至笑了，可是费多特·叶弗格拉菲奇什么也没能听见。必须把她弄走，立刻带进树丛，因为他再也不能一秒一秒地计算她会在哪一瞬间被打死。但为了做得不露破绽，叫该死的鬼子想不到这是一出戏，是在愚弄他们的德国脑袋，还得另想办法。

"跟你好说不行——那就叫你这样去见人！"准尉突然大喊起来，从石头上抱起她的衣服，拔腿就跑。"喂，看你能追上我！……"

任卡配合默契，尖叫开了，跳起来追赶华斯科夫。他先在岸边跑了一阵，在她面前闪来闪去，然后就一头钻进树丛里，一直跑到树林深处才停下来。

"穿上衣服，玩命玩够了！够了！……"

他转过脸，把裙子向后递过去，可她没有接，准尉的手一直伸着。他真想骂她一顿，回头一看，只见战士科麦莉科娃双手蒙着脸，蜷缩着身子坐在地上，衬裙细带子下的浑圆的肩膀不住地发抖……

她们哈哈大笑已是后来的事了，那是在他们探明德国人已经退走之后。她们取笑嗓子喊哑了的奥夏宁娜，裙子上烧出窟窿的古尔维奇，肮脏不堪的切特维尔塔克，戏弄了鬼子的任卡，还有他，华斯科夫准尉。她们笑得流出眼泪，笑得浑身瘫软，华斯科夫也笑了，一时忘了自己的军衔是准尉，只记得大伙儿既大胆，又顽皮，把鬼子耍了一通，现在这些家伙吓得草木皆兵，只好绕着列贡特沃湖走上一昼夜了。

"瞧，现在行啦！……"费多特·叶费格拉菲奇在她们兴高采烈的谈话中间插了一句，"行啦，姑娘们，现在他们可是走投无路啦，当然喽，如果勃丽奇金娜能及时赶回去的话。"

"准会及时赶到的。"奥夏宁娜哑着嗓子说，大伙儿又哈哈大笑起来，因为她的哑嗓子也实在太逗人了，"她是飞毛腿。"

"咱们为这件事干一小杯吧。"军运指挥员说罢，掏出了那个他像宝贝一样珍藏着的水壶，"姑娘们，咱们为她那两条飞毛腿和你们机灵的脑袋干一杯吧！……"

于是大家忙开了，在石头上铺上一条毛巾，把面包和咸猪油切成薄片，把鱼切成小块。就在她们干这种女人活计的时候，准尉照例坐在一旁抽烟，等她们叫他吃饭，同时疲倦地想到，最可怕的事情总算过去了……

7

整整十九年，莉扎·勃丽奇金娜都在期待明天的感觉中生活。每天清晨，她都遏制不住对炫人眼目的幸福的预感，但把母亲折磨得痛苦不堪的咳嗽声立即又把同节日的相会推迟到明天。既不是扼杀，也不是勾销，而是推迟了。

"咱们的母亲快要死了。"父亲严肃地警告道。

五年来，每天跟莉扎打招呼时，他都要说这句话。莉扎到院子里喂猪、喂羊，喂公家的老骟马。她替母亲梳洗、穿衣、用小汤匙喂饭。她做饭，收拾屋子，到父亲管辖的林区转一趟，还要到邻近的农村消费合作社去买面包。她的女友们都早已从中学毕业：有的出去学习，有的已经出嫁，而莉扎却总是喂呀，洗呀，擦呀，然后再喂呀，并总在期待着明天。

她从来不曾有意识地把明天这个日子同母亲的死相联系。她已经记不清母亲健康时的样子，她的生命力太旺盛了，简直没有容纳死亡概念的空隙。

生，同父亲那么严厉而絮烦地谈到的死不同，是实实在在的、可以感触到的概念。生，隐匿在灿烂的明天之中，它暂时绕过了这个淹没在林海中的护林所，但莉扎确切地知道生的存在，它是为她而准备的，避开它犹如等不到明天一样不可能。而莉扎是能够等待的。

从十四岁起，她就开始学习做妇女的这门伟大艺术。她因为母亲有病而辍学，起初她期待着回到班上去，而且期待着同女友们会面，以后期待着俱乐部旁边空地上难得的闲暇的夜晚，再以后……

再以后，她忽然发觉没有什么可以等待的了。她的女伴有的还在学习，有的已经工作，并住得离她很远，而且都忙着自己的事，于是她对她们的事慢慢也淡漠下来。

不久前，在俱乐部电影开演之前，她还同小伙子们有说有笑地走来走去，随便，自在，如今他们变得陌生和爱讥笑人了。莉扎变得怕见人，不爱说话，躲避快活的伙伴，后来完全不上俱乐部了。

她的童年就这样逝去，老朋友们也随着童年一道离开了她。而新朋友却又没有，因为除了看管森林多年的老头儿外，谁也不会看到窗户上的煤油灯光，上她家里去坐一会儿。于是，莉扎感到痛苦和恐惧，因为她不知道，代替童年的将是什么。孤寂的冬天在不安和苦闷之中过去了，到了春天，父亲用大车载来了一位猎人。

"他要在我们这儿住些日子。"父亲对女儿说，"可咱们哪有地方呀？妈妈快咽气了。"

"干草棚总该有吧？"

"天气还冷啊。"莉扎怯生生地说。

"给我一件皮袄行吗？……"

父亲和客人在厨房里喝了半天伏特加，母亲在木板墙那边使劲咳嗽。莉扎跑到地窖里去拿腌白菜，一边煎鸡蛋，一边听他们谈话。

主要是父亲一个人说话。他一杯接一杯地往肚子里灌，用手指从碗里抓起腌白菜，往长满胡须的嘴里塞，塞得出不来气儿，可还一个劲地说话。

"我说，好朋友，你听我说，生活就像树林子，也得疏伐、清理，对不对？再说，那儿有的树干枯了，病了，还有矮树丛。对不对？"

"应该清理。"客人明确说出自己的想法，"不是疏伐，而是清理。要把杂草从地里除掉。"

"这样，"父亲说，"这样，你慢着，如果是说树林，我们护林员明白。我们明白，如果说的是树林。可是，如果说的是能跑会叫的热血动物呢？"

"比如说狼吧……"

"狼？……"父亲火了，"狼碍着你什么啦？怎么会碍你的事呢？怎么会呢？"

"因为它有牙齿呗。"猎人微笑了。

"可是它生下来就是狼又有什么过错？有什么过错？……没——有，好朋友，是我们给它定下的罪名，可还没听过它的意见呢。这讲良心吗？"

"哦，你知道，彼得罗维奇，狼和良心这两个概念是不能相提并论的。"

"不能相提并论？那么狼和兔子能相提并论吗？你先别笑，慢着，好朋友！……好吧，命令我们把狼当成居民的敌人。好吧，全民动手，全民一齐动手打狼，把全俄国所有的狼都打死，统统打死！那么会怎么样呢？"

"什么会怎么样？"猎人微笑了，"野味就会多起来……"

"就会少下去！……"父亲嚷道，只听见砰的一声，毛茸茸的拳头使劲捶在桌面上，"就会少下去，你懂吗？野兽要想健康地活着，就得东奔西跑。就得东奔西跑，好朋友，你懂吗？要想让它们东奔西跑，就得让它们害怕，怕被别的动物一口吞掉。就是这么回事。当然喽，把生活弄成一个样子也行，办得到。只是图什么呢？图安定吗？可没有了狼，兔子就会发胖，变懒，就不再忙活了。那时怎么办？要吓唬兔子，是自己繁殖狼呢，还是到国外去买？"

"伊万·彼得罗维奇，我随便问问，他们没有把你划成富农吧？"客人忽然低声问道。

"凭什么把我划成富农？"护林人叹了一口气，"我的家当总共只有两只拳头，再加上一个老婆和一个女儿。把我划成富农对他们没好处。"

"怎么能说是对他们呢？……"

"那就算是对我们吧！……"父亲把两只杯子里都倒上了酒，碰了碰杯，"我不是狼，好朋友，我是兔子。"他把杯子里剩的酒一饮而尽，站起身来，碰得桌子山响，身上毛茸茸的，活像一只熊。父亲走到门口停住了，"我睡觉去了。让我女儿领你去，告诉你在哪儿睡。"

莉扎不声不响地坐在一个角落里。猎人是城里人，一口雪白的牙，年纪还很轻，叫莉扎觉得怪难为情的。她不停地打量他，但总能及时把视线挪开，以免碰着他的目光，她怕客人跟她攀谈，她却回答不上来或说出蠢话。

"您父亲是个大大咧咧的人。"

"他当过红色游击队员。"她急忙分辩道。

"这我们知道。"客人笑了，站起身来，"喂，领我睡觉去吧，莉扎。"

干草棚里黑得像地窖一样，莉扎在门口停住，想了想，从客人手里接过公家的沉甸甸的皮袄和棉花滚成团的枕头。

"您先在这儿等一等。"

她顺着摇摇晃晃的梯子爬上去了，摸黑摊开干草，在放头的一边搁下枕头。她可以下去叫客人了，可她还在黑暗中，在去年收割的柔软的干草上爬来爬去，拍了又拍，要把草铺得更舒服一些，一面侧着耳朵听下面的动静。她永远也不会承认，她盼望他蹬梯子的嘎吱声，她希望匆匆地糊里糊涂地和他在黑暗中相遇，她渴望他的呼吸，他的喃喃低语，甚至他粗鲁的动作。不！莉扎心里一点儿邪念都没有，她不过希望自己的心突然猛烈跳动起来，渴求某种模糊而火热的东西，这种东西显现一下再悄然隐去。

但是，没有人把梯子踏得嘎吱嘎吱响，莉扎只得下去了。客人正在门旁抽烟，她气呼呼地对他说，干草棚里可不能抽烟。

"我知道。"他说，踩灭了烟头，"晚安。"

说完，便睡觉去了。莉扎跑回屋里收拾桌子。她洗杯盘，仔细擦每一个盘子，动作比平时慢得多。她又怀着惊恐和希望期待着有人敲窗。仍然没人敲窗。莉扎吹灭了灯，回到自己屋里，听着母亲通常的咳嗽声和喝醉了酒的父亲沉重的鼾声。

每天一早客人便悄悄离开家，直到天色很晚的时候才又饿又累地出现在莉扎面前。莉扎给他拿吃的，他急急忙忙地吃着，但并不下作，莉扎很喜欢他这种吃饭的样子。他一吃完，立刻就上干草棚，而莉扎只能留下，因为用不着再替他铺床了。

"您打猎怎么什么也没有带回来过？"她鼓足了勇气问道。

"运气不好嘛。"他微微一笑。

"您可是瘦多了。"她不看他，接着说下去，"这也算休息么？"

"这是最好的休息，莉扎。"客人叹了一口气，"可惜，假期完了，明天我就要走啦。"

"明天？……"莉扎有气无力地重复了一遍。

"是啊，一清早就走。什么也没打着。挺可笑吧，是不是？"

"可笑。"她忧伤地说。

他们没有再说什么。但是他刚一走，莉扎把厨房随便收拾了一下，就溜进院里。她在草棚旁边转了半天，听见客人的呼吸声，还有几声咳嗽。她咬着手指头，然后轻轻打开门，唯恐自己改变主意，飞快地爬上干草棚。

"谁呀？"他轻轻问道。

"我。"莉扎说，"我想整理整理铺……"

"不用了。"他打断了莉扎的话，"你去睡吧。"

莉扎不吱声，坐在漆黑闷热的草棚子里离他很近的地方。他听得见她拼命克制自己的呼吸声。

"怎么，寂寞啦？"

"寂寞啦。"她的声音轻得勉强能听到。

"寂寞也不能做蠢事呀。"

莉扎觉得他在微笑。她恼火了，恨他，也恨自己，但仍然坐着不动。她不知道干吗还坐着，正如她不明白干吗要到这里来一样。她几乎从来没有哭过，因为她总是孤零零的，而且已经习惯自己的孤独了。可是现在，她最盼望的是让人抚爱，听人家讲几句贴心的话，让人摸摸她的头，安慰安慰她，还有——连她自己也不会承认——甚至吻吻她。但她不能说出口，最后一次吻她的是妈妈，而且是五年以前了，此刻她需要一个亲吻作为美好的明天的保证，而她正是为了那美好的明天才活在世上的啊。

"睡觉去吧，"他说，"我累了，明早我还要赶路呢。"

他打了一个哈欠，拖着声音打了一个冷淡的长哈欠。莉扎咬着嘴唇，急忙下去了，膝盖都碰痛了，她飞跑到院子里，砰地一声用力关上了门。

早晨她听见父亲套上了公家的那匹迪莫克马，听见客人和母亲告别，听见大门嘎吱响了一声。她躺着没动，假装还在睡觉，眼泪从闭着的眼皮底下淌了出来。

午饭时父亲带着几分醉意回来了，他把带棱角的淡青色的糖块哗啦一声从帽子里倒在桌上，惊叹地说：

"咱们那位客人还是个人物哩！他吩咐卖给我们一些糖，瞧，怎么样。咱们的消费合作社里差不多有一年没见过糖了。整整三公斤呢……"

然后他打住了话头，在几个口袋上拍了半天，最后从荷包袋里掏出一张揉皱了的纸片：

"给你。"

"莉扎，你应当学习。你在树林子里完全变野了。八月份来吧，我替你找一所带宿舍的技校。"

底下是署名和地址。再没有别的话——连一句问候都没有。

一个月后母亲去世了。一向忧郁的父亲现在变得非常粗野，总是喝得昏昏沉沉，而莉扎还和从前一样盼望着明天，只是为了提防父亲的那帮朋友，只是为了提防——每天夜晚把门锁得更紧了。但现在，明天这个日子已经同八月牢牢地联系在一起了，莉扎一边听着隔壁醉汉的吆喝声，一边上千遍地读着那张磨出了窟窿的字条。

但是战争爆发了，莉扎没有进城，而是参加了修建防御工程。挖了一夏天的战壕和防坦克工事，但都被德国人经过精确计算绕过去了，而莉扎一再陷入包围圈，突围出来之后，照样挖工事，每一次挖的地点都更往东移。深秋季节她到了瓦尔代以东，分配在高射机枪部队，所以现在她才朝着 171 号车站跑去……

莉扎一眼就看中了华斯科夫：当时他正站在队列前面，局促不安地眨着一双没有睡醒的眼睛。她喜欢他说话简短有力，喜欢他身上那种农民式的稳当，还有那种特别实在的丈夫气概，所有的女人都把这种气概当成稳固家庭的保证。后来，大伙儿开始拿军运指挥员开心，把这当成一种好风气。莉扎从不参加这类谈话，但有一次，无事不晓的基里娅诺娃笑嘻嘻地宣布，在女房东的妖艳丽质面前，准尉坚持不住了，莉扎突然发火了：

"这是胡说！"

"爱上他了！"基里娅诺娃得意洋洋地喊起来，"咱们的勃丽奇金娜堕入情网了，姑娘们！爱上那位可爱的军人了！"

"可怜的莉扎!"古尔维奇大声叹了一口气。

大伙儿七嘴八舌地说着,哈哈大笑起来,莉扎却号啕大哭,跑进树林里去了。

她坐在树墩上一直哭到丽达·奥夏宁娜来找她。

"你怎么啦,小傻瓜?生活要随便一点,随便一点,你懂吗?"

但莉扎一直害臊得不得了,准尉又忙得要命,要不是这个机会,他们的视线恐怕永远也不会相遇。因此,莉扎飞也似的穿过森林,像长出了翅膀。

"以后咱们一块儿唱歌,莉扎维塔,"准尉说,"等执行完了战斗命令一块儿唱……"

莉扎回味着他的话,笑了。一种从未体验过的强烈感情不时在她心中回荡,使她感到羞涩,红晕浮上了她那富有弹性的脸颊。一路思念着他,她跑过了那棵显眼的松树,一直跑到沼泽地跟前才想起那些杆子,她已经不想再转回去取了。这儿有的是被风暴吹倒的树木,她立刻挑选了一根合适的枯枝。

她在迈进稀软的烂泥之前,先凝神听了一会儿,然后熟练地脱下裙子。

她把裙子捆在棍子顶端,仔细把军服上衣掖进皮带里,往上提了提公家发的天蓝色的针织紧裤,便一步跨进沼泽地。

这回可没有人在泥塘里开路了。

泥浆拖住大腿,拽着她,莉扎喘着气,一步一摇地、艰难地朝前挪动,冰凉的水冻得她全身发木,她两眼紧盯着小岛上的那两棵小松树。

不论是泥泞,寒冷,还是脚底下活动着的冒气的烂泥底,都没有使她感到害怕。使她感到害怕的是孤独，是笼罩在暗褐色的沼泽地里的死一般阴森森的寂静。莉扎感到一种近乎失去理性的恐惧，每走一步，这种恐惧非但没有减弱，反而更加剧了。她浑身哆嗦，那么孤单无援，那么可怜，不敢回头，不敢多做一个动作，就连大声出一口气也不敢。

她不记得自己是怎么爬上小岛的。她跪着在地上爬，扑在腐烂的水草上哭了起来。她抽泣着，抹得圆鼓鼓的脸颊上都是泪水，由于寒冷、孤单、极度的恐惧而不住发抖。

她跳起身来，泪水还在流，用鼻子大声吸着气，穿过小岛，瞄准了前进的方向，没有歇口气，恢复恢复体力，便又跨进烂泥里了。

起初泥浆还不深，莉扎才放下心来，甚至高兴起来了。只剩下最后的一小段路程，不管多难走，前面就是陆地，就是长着青草和树木的、坚硬和亲切的陆地。莉扎已经开始考虑，上哪儿去洗个澡，想起了来时所经过的水洼和水坑，心里盘算着，是在这儿把衣服涮洗干净呢，还是一直忍到车站。剩下的那点儿路简直算不了一回事儿，还要拐几个弯她都记得一清二楚，她满有把握地估计在一个半小时之内就可以回到自己人那儿了。

越来越难走，烂泥没到膝盖。然而现在是一步步地接近对岸了，莉扎清楚地看见那个树墩子，连裂纹都看见了。当初准尉就是从树墩子这儿跨进沼泽地的，他跨进去的样子真可笑，笨手笨脚的差点儿没有摔倒。

莉扎又想起华斯科夫，甚至微笑了。他们将一块儿唱歌，等军运指挥员执行完了战斗命令重新回到车站以后，他们一定一块儿唱歌。不过，得想个妙法子，想个妙法子在傍晚的时候把他引到树林里去。到了那儿……到了那儿咱们再瞧瞧，谁是强中手：是她还是女房东，女房东的优势不就是跟准尉同住在一所屋子里吗……

突然，一个暗褐色的大气泡在她面前咕嘟一声鼓了起来。事情发生得那么意外，那么快，又离她那么近，莉扎没有来得及叫一声，就本能地往旁边一闪。总共只朝旁边跨了一步，脚下立刻够不着底了，悬在不断浮动的烂泥当中，泥浆像软钳子似的夹住她的大腿。积聚了许久的恐惧一下子全冒了出来，引起心里一阵剧痛。莉扎拼命挣扎，想回到原路上去，她全身的重量都压在棍子上，枯树枝子喀嚓一声断了，莉扎脸朝下跌入冰冷的稀泥里。

莉扎脚下够不着地，慢慢地、非常慢地被吸下去，两只手徒劳地抓烂泥；她喘着气，在泥浆里挣扎。那条小路近在咫尺，离她不过一步、半步，但要跨出这半步已经不可能了。

"来人啊！……救命啊！……来人啊！……"

凄厉而孤单的呼救声久久地回响在无动于衷的黄褐色的沼泽上空，冲向松树梢，回旋在赤杨树丛的嫩叶上。叫声嘶哑了，然后又以最后的力量冲向五月里无云的碧空。

莉扎久久地看着这美好的蓝天。她的嗓子嘶哑了，嘴里吐着泥，但仍向往着，向往着蓝天，向往着，心里充满信心。

太阳慢慢升到树梢，把阳光洒在沼泽地上。莉扎最后一次看见阳光，那温暖，亮得耀眼，有如明天的允诺一样的阳光。直到最后一刻，她仍然相信，明天也将是属于她的……

8

在他们一面哈哈大笑，一面吃东西的当儿（当然是吃干粮），敌人已撤得老远了。说得简单明了一点，敌人急忙躲开了喧闹的河岸，躲开了大叫大嚷的娘儿们和未曾露面的男子汉，躲进树林，隐藏起来，仿佛从来就没来过似的。

华斯科夫不喜欢这种结局。他不仅有作战经验，还有打猎经验，他明白，不能让敌人或熊离开自己的视野。鬼知道敌人会耍什么花招，扑向哪里，在什么地方布置潜伏哨。当时的情形就像一场组织得非常糟糕的围猎，弄不清谁捕捉谁：熊追你还是你追熊。为了避免出现那种局面，准尉把姑娘们留在岸边，他自己和奥夏宁娜去搜查。

"紧跟着我，玛格丽达。我站住，——你也站住。我卧倒，——你也卧倒，跟德国人捉迷藏，就同跟死神打交道差不多，非得眼观六路耳听八方不可。"

他自己走在前面。从一个树丛跑到另一个树丛，从一块岩

　　莉扎久久地看着这美好的蓝天。她的嗓子嘶哑了，嘴里吐着泥，但仍向往着，向往着蓝天，向往着，心里充满信心。

　　太阳慢慢升到树梢，把阳光洒在沼泽地上。莉扎最后一次看见阳光，那温暖，亮得耀眼，有如明天的允诺一样的阳光。直到最后一刻，她仍然相信，明天也将是属于她的……

石奔向另一块岩石。他紧盯着前方，直盯得眼睛发疼，他把耳朵贴在地上细听，嗅辨着空中的气味——全身极度紧张，就像一个拧开的手榴弹。他仔细看清了周围的情况，听得耳朵里发响，微微地动了动手，奥夏宁娜立即跑到他身边。两人默默地听着，有没有树枝折断的声音，有没有傻喜鹊惊飞乱叫。准尉又弯着腰影子似的钻进前面的一个隐蔽的地方，丽达留在原地，一个人执行两个人的监听任务。

他们越过了山岭，来到主阵地，然后钻进松树林。今天早晨勃丽奇金娜绕过德国鬼子之后，就是沿着这片松林进入树林的。眼下一切都这样宁静与和平，仿佛真没有敌人。但是费多特·叶弗格拉菲奇绝不准许自己，也不许可下士有这种想法。

松林过去就是列贡特沃湖畔坡度平缓的湖岸，岸上一片青苔，到处都是大圆石。松树林从离湖边不远的高坡那儿延伸出去，高坡旁边还连着一片歪歪扭扭的桦树林和长得稀疏低矮的罗汉松。

准尉在这儿停住了，他用望远镜对着树丛搜查，倾听，然后直起腰，迎着顺斜坡刮向湖面的微风嗅了许久。丽达老老实实地躺在旁边，一动不动。她感到青苔慢慢浸湿了衣服，心中有些懊恼。

"闻到味儿了吗？"华斯科夫轻轻问道，似乎还暗自笑了笑，"德国佬吃了文明的亏了，谁叫他们想起喝咖啡来了。"

"您为什么这么想呢？"

"飘过来一股烟味，看来，他们坐下吃早饭了。就不知道是不是十六个人都在吃早饭？……"

他想了一会，把步枪端正地靠在松树上，把皮带紧得不能再紧了，蹲了下来：

"必须查清他们的人数，玛格丽达，看看有没有人不在。你听着，如果响起枪声，你立刻撤走，一秒钟也别耽搁。带着姑娘们往东走，一直走到运河。到了那儿就去报告德国人的情况，虽然据我估计，他们那时候已经得到消息了，因为莉扎维塔·勃丽奇金娜马上就要跑到车站了。都听明白了吗？"

"不。"丽达说，"您怎么办？"

"这你就不用管了，奥夏宁娜。"准尉严厉地说，"我们不是到这儿来采蘑菇、摘野果的。他们只要发现了我，决不会让我活着跑掉，这点你不用怀疑，所以你必须立刻撤退。命令听明白了吗？"

丽达半晌不语。

"应该怎么回答，奥夏宁娜？"

"应该回答说，听明白啦。"

准尉苦笑了一下，弯腰朝最近的一块大圆石跑去。

丽达一直盯着他，但竟然没有发现他什么时候消失的：似乎突然融化在长满青苔的灰色大圆石当中了。裙子和上衣的袖子已经湿透，她往后面爬去，坐在石头上，谛听树林中宁静的响声。

她可以说是平静地等待着，因为她坚信，什么事也不会发生。她所受的全部教育都使她只能期待美满的结局：对她这一代人来说，怀疑成功几乎等于背叛。当然，她有时也感到恐惧和信心不足，但是确信一切都将完满结束的内心意念总比现实环境更加强而有力。

但是不论丽达多么仔细地倾听，多么专心地等待，费多特·叶弗格拉菲奇还是毫无声响地突然出现在她眼前，只是松树的枝梢微微动了一下。他默默地拿起步枪，朝她点了点头，就钻进密林里，走到山岩之间才停下来。

"你可不是个好战士，奥夏宁娜同志。一个糟糕透顶的战士。"

他的口气并无恶意，而是关切，丽达笑了笑说：

"为什么呢？"

"你叉着腿坐在树墩上，活像一只带雏鸟的母乌鸦。可命令是要你趴着啊。"

"地上太潮，费多特·叶弗格拉菲奇。"

"太潮……"准尉不满地重复了一遍，"算你幸运，他们正在喝咖啡，不然一转眼就让你小命归天。"

"这么说，叫您猜对啦？"

"我又不是算命先生，奥夏宁娜。有十个人在吃东西，我看见了。两个人在暗中放哨，我也看见了。其余的我估计大概在那边执勤。看样子要待些时候，他们正在火堆旁边烤袜子。我们正好利用这段时间转移。我在这石头堆里转转，再摸摸情况。你呢，玛格丽达，赶快去召集战士们，都悄悄到这儿来，不许嬉笑。"

"我明白。"

"还有，我的马合烟倒出来了，在那边晒着呢，劳驾带过来。自然还有其他的东西。"

"我一定带来，费多特·叶弗格拉菲奇。"

在奥夏宁娜召集战士的当儿，华斯科夫紧贴着地皮在远远近近的石头堆爬了一圈。他一直在观察、倾听、闻闻嗅嗅，把情况都摸清了，哪儿都没有德国人，也没有德国人的气味，准尉的心情稍微轻松了一点。不管怎么计算时间，莉扎·勃丽奇金娜也就要到达车站了。她把情况一汇报，就会对敌人撒下看不见的天罗地网。傍晚前，嗯，最迟黎明前，援军就会赶到！他要派援军去追击，再……再……把自己的姑娘们带到岩石背后。要离得远一点，免得让她们听见厮杀的吼声，因为这儿非有一场肉搏战不可。

这一次他又从老远的地方就辨认出自己的战士来了。她们似乎没有吵闹，没有交头接耳，也没有碰出声音来。可说也奇怪，军运指挥员在一俄里外就断定她们来了。不知是她们由于走得用力而累得气喘吁吁，还是因为她们身上的香水味儿先飘了过来，反正费多特·叶弗格拉菲奇暗中庆幸的是敌人当中没有一个真正的打猎能手。

真想抽口烟呀，他已经在岩石和小树林里爬行两个多小时了，原先他为了免得总想抽烟，便把烟荷包留在姑娘们那儿的一块圆石上。他一见她们，先警告她们不要出声，接着就要烟荷包。可是奥夏宁娜只两手一拍：

"忘了！费多特·叶弗格拉菲奇，亲爱的，忘了！……"

准尉嗓子里咯了一声。唉，你呀，女人可真没记性，真该死！要是个男的就简单了，华斯科夫准把这个毛躁鬼臭骂一顿，还要派他回去取烟荷包，可眼下还得装出笑脸。

"哦，没关系，那就算啦。还有点马合烟……我那个背囊大概没有忘了吧？"

背囊倒还在，军运指挥员可惜的并不是马合烟，而是烟荷包，因为烟荷包是件慰劳品，上面绣着"赠给亲爱的祖国保卫者"十个字。他还没有来得及掩饰自己的懊恼，古尔维奇已经飞快地往回跑了：

"我去拿，我知道搁在哪儿！……"

"上哪儿去，战士古尔维奇？……翻译同志！……"

可是已经叫不回来了，只听见靴子的啪嗒啪嗒声……

靴子啪嗒啪嗒地响，因为索妮娅·古尔维奇以前从来没有穿过靴子，又由于没有经验，在管理处领的靴子大了两号。要是靴子合脚，走起来便不会啪嗒啪嗒响，而是咔咔地响，这是任何一个军官都知道的。但是索妮娅家里没有军人，谁也不穿靴子，就连索妮娅的爸爸也不知道如何提着提靴环往上拉靴子……

他们的小屋坐落在涅米加河对岸，门上钉着一块铜牌：

医学博士所罗门·阿罗诺维奇·古尔维奇

尽管爸爸不过是个普通的区段医生，根本不是医学博士，牌子却并没有摘下来，因为那是祖父的馈赠，而且是他亲手钉在门上的。他钉上这块牌子，是因为他的儿子成了有学问的人，现在该让明斯克全城都知道。

门旁还安了一个打铃的拉手，要叫铃响，就得不停地拽它，这令人不安的丁零声伴随着索妮娅度过了整个童年：不论白天还是黑夜，不论隆冬还是盛夏。不管天气好坏，爸爸总是拎着诊疗箱步行出诊，因为雇马车车钱太贵。他回家后就小声讲着关于结核、喉头炎和疟疾等疾病，奶奶总要给他喝一杯樱桃酒。

他们是个非常和睦的大家庭：儿女、侄儿侄女、奶奶、妈妈的没有出嫁的姐姐，还有一位远亲。家里没有一张床是只睡一个人的，都是一张床上睡三个人。

索妮娅在大学里还穿着用姊妹们的旧衣服改制的灰色连衣裙，袖子长得像铠甲。她好久也没感到这件连衣裙的分量，因为她不参加舞会，而跑阅览室，要是能弄到一张便宜的楼座票，她就到莫斯科高尔基艺术剧院去看戏。直到她发现坐在她旁边听课的那个戴眼镜的同学完全不是偶然地和她一起进出阅览室之后，她才发现自己的衣着有问题。这已是一年以后夏天的事了。而她和那个同学在高尔基文化休息公园度过了唯一的难忘的夜晚的第五天，他赠给了她一册薄薄的勃洛克诗选，就以志愿兵的身份上了前线。

是啊，索妮娅在大学里还穿着用姊妹的旧衣服改制的连衣裙，又长又沉，像铠甲一样……

其实她也没穿多久，总共一年。后来就穿上了军服，还有大两号的靴子。

部队里几乎没有人知道她。她总是闷声不响地认真执行任务，偶然的机会使她当了高射机枪手。那时方面军还处于纵深防御阶段，翻译够用了，而女高射机枪手还嫌少。那次同一群"梅塞尔"飞机作战之后，她便同任卡·科麦莉科娃一起被派到这里来。大概就是因为这个缘故，所以只有准尉一个人听出了她的叫声。

"像是古尔维奇叫了一声？……"

仔细倾听：山岭的上空一片寂静，只有轻微的飒飒风声。

"不是。"丽达说，"您听错了。"

那遥远的，微弱得像一声叹息的声音再也听不到了，但华斯科夫还在全神贯注地捕捉它，脸色渐渐变得铁青。这奇怪的叫声钻进他的心里，仿佛在那里继续叫喊。费多特·叶弗格拉菲奇心里一阵发冷，他已经猜到，已经知道喊叫意味着什么了。他毫无表情地扫了大家一眼，嗓音都变了：

"科麦莉科娃，跟我来，其余的在这儿等着。"

华斯科夫像影子似的在前面穿行，任卡喘着气，勉强在后面跟着。当然啦，费多特·叶弗格拉菲奇空着手，而她呢——提着步枪，还穿着裙子，跑起路来，老觉得裙子太窄。但主要的是，任卡为了不出一点声音，把精力都用尽了，几乎没有精力再顾别的事。

而准尉的每一根神经都警觉着，对那声叫喊警觉着。那唯一的几乎听不见的喊叫，他突然听见了，明白了。他听见过这种喊声，随着这种喊声，一切都消逝了，一切都化为乌有，因而它不断在耳际鸣响。它在你身体内部鸣响，而这最后的鸣响你将永志不忘。它仿佛已凝成冰块，使人浑身发冷，痛苦钻心，正因为如此，军运指挥员才这么急急忙忙地朝前赶去。

也正因为如此，他突然停住了，好像迎头撞上了一堵墙。他停得那么突然，以致急跑着的任卡手里的步枪枪管撞在他的肩骨上。可他连头都不回，只顾蹲下身来，手摸着地——旁边有一个鞋印。

一个花纹分明的宽大鞋印。

"是德国人吗？……"任卡焦急地、不出声地呼出一口气。

准尉没有回答。他在观察，细听，嗅辨，拳头攥得紧紧的，骨节都攥白了。任卡朝前看了一眼：碎石上溅的几滴血已经发黑。华斯科夫小心地捡起一块小石头，上面粘着一滴乌黑的浓血，仿佛还含有生命似的。任卡打了一个寒噤，她想叫喊，但是喉咙哽住了。

"干得不利索。"准尉低声说，又重复了一遍，"干得不利索……"

他小心地放下那块石头，向周围打量了一下，推测当时谁往哪边走，谁又站在什么位置，然后他走到岩石背后。

古尔维奇缩成一团，倒在岩石缝里，烧出窟窿的裙子下面斜翘着两只粗糙的厚油布靴子。华斯科夫抓住皮带往起拽她，把她的身子稍稍抬起，好托住胳肢窝把她从岩石缝里拉出来，平放在地上。

索妮娅两眼半睁着，失神地望着天空，上衣的胸口地方有一大摊血迹。费多特·叶弗格拉菲奇仔细地解开了军服上衣，把耳朵贴在胸口上。他听着，听了很久，任卡咬着拳头在他身后无声地抽泣。然后他直起腰，把被鲜血粘在姑娘胸前的衬衫轻轻拉平：上面有两个狭窄的刀口。一个在胸口上——对着左胸，另一个稍低一点——正在心口上。

"怪不得你还叫了一声，"准尉叹了一口气，"你还来得及叫一声，是因为他的下刀法是对付男人的。头一刀没有扎中心脏是被乳房挡住了……"

他掩上衣领，扣好纽扣——所有的纽扣。他把她的手放平，还想使她合上眼睛，但是没有办到，倒白白地粘了满眼皮的血，他站起身来。

"先在这儿躺一会儿吧，索涅奇卡。"

任卡在他身后抽泣了一声，准尉眉毛下铅一般沉重的目光向她一扫：

"现在没有时间抽泣，科麦莉科娃。"

他弯着腰飞快地往前走去了，凭着敏感去辨认那带花纹的浅鞋印……

9

德国人是守候着索妮娅呢，还是她偶然撞上他们了？她正沿着走过两趟的路大胆地跑着，急急忙忙给他——华斯科夫准尉，送那该死的马合烟。她高高兴兴地跑着，还没有来得及弄明白，从哪儿来了一个汗津津的重东西压在她纤弱的肩膀上，她的心为什么突然感到一阵彻骨的剧痛……不，来得及。她来得及弄明白并叫了一声，因为第一刀没有刺中心脏，被那紧绷绷的高高挺起的乳房挡住了。

也许事情并非如此？也许他们是守候着她？也许敌人不仅骗过了这些没有经验的女孩子，也骗过了他这个由于侦察有功而得过勋章的超期服役兵？也许不是他在追捕他们，而是他们在追捕他？也许他们已经摸清了情况，算准了人数，策划好了，到什么时候由谁把谁干掉？

但此刻驱使华斯科夫往前跑的不是恐惧，而是狂怒。一种使人感到天昏地暗、肝胆俱裂的狂怒使他把牙齿咬得咯咯响。

他只有一个愿望，就是追上去。追上敌人，到那时咱们再弄清楚……

"落到我手里，叫你喊不成……不，喊不成……"

大圆石上有的地方还能隐约地看出鞋印来。费多特·叶弗格拉菲奇已经断定，德国人一共两名。他还是不能原谅自己，再次感到悔恨不已，因为没有提防他们，指望他们在火堆那边，而不在这边活动，以致断送了自己昨天还和他就着一个小锅吃饭的翻译。这股懊恼在他的心中呼喊、翻腾，而眼下只有一件事能使他耐下心来——追赶。他什么都不愿意想，也没有回头对科麦莉科娃看一眼。

任卡心里明白他是往哪儿跑，干什么去。她明白，尽管准尉什么也没有讲，她明白，但毫无畏惧。她身上的一切都突然凝聚了，因而不再感到疼痛，不再淌血，只等着发泄出来。但不让它发泄，因为现在还没有找到任何发泄的对象。爱沙尼亚女人把她藏起来的那一次，情形也是这样的。一九四一年夏天，差不多在一年以前……

华斯科夫举起一只手，她立刻停住脚步，拼命控制住呼吸。

"喘口气。"费多特·叶弗格拉菲奇用刚能听得见的声音说，"他们就在这一带，就在附近。"

任卡笨重地用步枪支撑住身子，扯开了衣领。她真想用整个胸脯大声地喘一口气，但不得不像过筛子似的一点一点地往外吐气，因此心怎么也平静不下来。

"他们就在这儿。"准尉说。

他顺着狭窄的石头缝看去。任卡也对一片稀疏的小桦树林看了一眼，桦树林从他们身边一直伸展到森林，柔软的树梢微微动了动。

"他们准会从这边走过。"华斯科夫没有回头，接着说道，"你就留在这里。我一学野鸭叫，你就想法弄出声音来。敲石块或撞枪托都行，得引他们朝你这边看。他们要有动静你就别再出声。明白了吗?"

"明白了。"任卡说。

"注意，要等我学野鸭叫之后，不能提前。"

他使劲深深地吸了一口气，跳过一块圆石，就往桦树林里横插过去。

一定要背着耀眼的阳光扑过去，叫他们睁不开眼。其次要跳到德国人背上，猛扑上去，把他摔倒在地，扎进刀子去，不让他喊出声来，悄悄干掉……

他选定了一个好位置——德国人既不能绕过去，也发现不了他，而只能暴露自己，因为他的隐蔽地前面正好是桦树林中间的一片空地。毫无疑问，他可以稳稳当当、百发百中地从这儿射去，但是他拿不准，枪声会不会传到他们的大队人马那儿去，而过早地惊动他们是没有好处的。所以他立即把手枪装进枪套，扣上皮套，以免不小心掉出来。他还把那把缴获来的芬兰刀检查了一遍，看看抽刀是否方便。

这时德国人头一次不加掩蔽地出现在这片稀疏的桦树林里，中间露出空隙的早春的嫩叶之间。不出费多特·叶弗格拉菲奇所料，他们果然是两人。走在前面的是一个年轻强壮的汉子，右肩上挎着冲锋枪。现在正是开枪打他们的好时机，但是准尉又一次打消了这个念头，但已经不是担心枪声传出去了，而是想起了索妮娅，现在他也不能让敌人死得太便宜。以眼还眼，以

　　他顺着狭窄的石头缝看去。任卡也对一片稀疏的小桦树林看了一眼，桦树林从他们身边一直伸展到森林，柔软的树梢微微动了动。

刀对刀，此时此刻只能这样办，只能如此。

德国人自由自在地走着，一点都不提防，后面那一个还在黏着嘴唇吃饼干。准尉测定了他们步子的距离，算了算，估计好了他们什么时候从他跟前走过，便拔出了芬兰刀。当前面那个走到离他一大步的时候，华斯科夫学野鸭子呷呷叫了两声，短促而急剧，跟真的一样。德国人同时抬起头，就在这当口，科麦莉科娃在他们身后用枪托狠狠地朝岩石上砸了一下，他们急忙向出声的地方转过身去，华斯科夫跳了出去。

他对这一跳计算得不差毫厘：时间选得好，距离算得准。他跳在一个德国人的背上，两个膝盖夹住了他的前肘。那个德国鬼子没来得及出口气，也没来得及颤抖一下，准尉的左手猛地按住了他的额头，把他的脑袋向后一扭，磨得飞快的刀刃便抹在那押长的脖子上了。

一切都跟预想的一样：就跟宰羊一样，还来不及叫一声，血就如泉水似的涌出来，只剩喘气的分儿了。在他倒下去的时候，军运指挥员已经从他身上跳下来，扑向第二个鬼子。

总共不过一刹那，仅只一刹那：后面那个德国人还是背朝这边站着，正要回头。但不知是华斯科夫再次跳跃时力气不足，还是他慢了一步，只是这一刀没有刺中德国人。冲锋枪打掉了，但同时他自己的芬兰刀也落在地上。刀上都是血，滑得跟肥皂一样。

糟了，战斗变成了斗殴，变成用拳头打架。德国鬼子个儿虽不算高，但却顽强有劲，华斯科夫无论如何也不能把他摔倒，压在身下。他们在石头和桦树之间的青苔上撕扭着，但是德国人暂时没有喊叫，不知是他觉得有把握干掉准尉呢，还仅仅是为了节省力气。

费多特·叶弗格拉菲奇又一次失策了：他想巧妙地腾出一只手来按住德国人，但德国人挣脱了，还从刀鞘里抽出自己的刀。华斯科夫那么怕这把刀，花了那么多的精力来对付它，终于被德国人骑在身下，用两条粗腿把他钳住，而没有光泽的刀尖越来越逼近准尉的咽喉。眼下准尉还使劲撑住敌人的手，眼下还在抵抗，但德国鬼子从上面用全身的重量往下压，显然，这种状况继续不了多久。这一点军运指挥员和德国人都清楚，否则德国人也不会平白无故地眯着眼睛，龇着牙齿了。

敌人突然瘫软了，瘫软得像一只口袋，费多特·叶弗格拉菲奇起先还莫名其妙，他没有听见头一下的打击声。可是第二下听见了：砰的一声，像打在朽烂的树干上发出的声音。暖乎乎的血溅了他一脸，而德国人开始往后仰倒，用变歪的嘴往里吸气。准尉一把推开他，夺过刀子，直接刺进他的心脏。

这时他才回过头来：战士科麦莉科娃站在他面前，两手抓着枪管，好像抓着一根木棒似的，枪托上沾满了血。

"好样的，科麦莉科娃……"准尉换了三口气才说完这句话，"我向你……致谢……"

他想站起来，但站不起来。他就这样坐在地上，像鱼似的张着嘴吸气。他只回头朝头一个敌人看了一眼，那家伙壮得像头公牛。他还在痉挛，喘气，一股鲜血还突突地往外冒。第二个已经不动弹了，他死前蜷曲成一团，就这样僵硬了。事情总算结束了。

"你瞧，任妮娅，"华斯科夫低声说道，"这么一来，他们又少了两个……"

任卡突然扔下步枪，弓着腰往树丛后面走去，摇摇晃晃，像喝醉了酒。她一到那儿就跪在地上，恶心得想呕吐，她抽泣着叫什么人，无非是叫妈妈……

准尉站起来，膝盖还在发抖，上腹部阵阵发疼，但再耽误时间就危险了。他没有碰科麦莉科娃，也没有叫她，他根据自己的经验知道，头一次的白刃战总会使人性格发生骤变，它违反了"不杀人"这条像生命一样自然的法则。这需要习惯，心肠要变硬，别说像叶芙根妮娅这样的战士了，就是强壮的汉子都会觉得心情沉重，痛苦不堪，直到他们改变了对良心的看法为止。用枪托往活人的脑袋上砸的可是个女人，娘儿们，未来的母亲，在她身上生来就有一种对杀人的憎恨。费多特·叶弗格拉菲奇把这笔账也记在德国人身上，因为是他们违背了人类的法则，因而他们自己也就不为任何法则所保护。仅仅由于这个缘故，在他搜摸还没有僵硬的尸体时，心里只有厌恶的感觉，仿佛翻转动物尸体一样……

在那个不再发出嘶哑喘气声的刚刚断气的高个子的口袋里，他找到了要找的东西——烟荷包。他，华斯科夫准尉私人的烟荷包，上面绣着"赠给亲爱的祖国保卫者"几个字。他攥在手中，使劲握着。索妮娅没拿来……他一脚踢开横在路上的一只毛茸茸的手，走到任卡身旁。她仍然跪在树丛里，恶心得喘不过气来，一边还继续抽搭着。

"走开……"她说。

他把攥着的拳头伸到她眼前，伸开手指，让她看烟荷包。任卡立刻抬起头，认出来了。

"起来吧，任妮娅。"

他扶她站起来，想挽着她往回走，回到林中空地上。可任卡走了一步就站住了，使劲摇头。

"别这样。"他说，"你难受一阵子，也够了。有一点你要明白，这不是人，不是人。战士同志，他们不是人，甚至不是野兽，而是法西斯。你就得这样看他们。"

但任卡做不到，费多特·叶弗格拉菲奇也没勉强她。他拿起两支冲锋枪，备用弹夹，还想带走军用水壶，但斜眼看了科麦莉科娃一眼，便不带了。去它的吧，带走用处也不大，就让她心里轻松些，少些引起联想的东西吧。

华斯科夫没把尸体藏起来，反正林中空地上的这一大摊血迹你刮也刮不掉。再说也没有意义。天快黑了，援军也快到了。德国人剩下的时间不多了，准尉巴不得他们心惊胆战地度过这段时间。让他们急得乱跑好了，让他们去猜测谁干掉他们的巡逻兵好了，让他们一听到风吹草动，一看见阴影就吓得狼狈逃窜才好呢。

准尉在最先遇到的一个水塘旁边（这儿的水塘多得跟棕毛丫头脸上的雀斑一样）洗了洗脸，随便整理了一下被扯破的上衣领，对叶芙根妮娅说：

"你是不是也洗把脸？"

她摇了摇头：不想洗。这会儿没法跟她谈话，让她定定神……准尉叹了口气：

"你自己能找到咱们的人还是要我送你？"

"能找到。"

"那就去吧。你们打那儿都到索妮娅那边去。就是……那边，你一个人走不害怕吗？"

"不害怕。"

"走路还得要留神点，你该懂的。"

"我懂。"

"那就去吧。到那儿别磨蹭，以后再哀悼吧。"

他们分开了。费多特·叶弗格拉菲奇一直望着她的背影，直到望不见为止。她走路的姿势很不好，只留神自己，不注意敌人。唉，瞧这帮战将……

索妮娅半睁着双眼，浑浊地望着天空。准尉又想把她的眼睛合上，还是没办到。于是他解开她军服上衣口袋的扣子，取出团证、翻译训练班的证件、两封信和一张照片。照片上有很多穿便服的人，可是中间的是谁，华斯科夫认不出来了，因为刀子正扎在这儿。他找到了索妮娅，她站在边上，穿一件瘦小的、袖子很长的连衣裙，衣领很宽，像在细脖子上套上一个马轭似的。他想起了昨天的谈话和索妮娅的忧伤，痛楚地想到，列兵索妮娅·所罗门诺芙娜·古尔维奇英勇阵亡的通知书竟然无处可投。然后他往她的手绢上啐了点唾沫，擦去已经僵硬了的眼睑上的血迹，又用这手绢盖住了她的脸。他把证件放在自己左边放党证的那个衣袋里，就在旁边坐下来，从那个有三重纪念意义的烟荷包里掏出烟抽了起来。

他的怒气已经消逝，痛苦也逐渐减轻，只是心中充满了悲哀，难过得喉咙眼里发痒。现在该好好地想想，把所发生的一切掂量掂量，一条一条地都分析一遍，要弄清楚下一步该如何行动。

他不后悔因收拾了两名巡逻兵而暴露了自己。眼下时间对他有利，眼下各条线路都在传送他们跟潜入敌人遭遇的报告，说不定战士们已经得到如何更简便地收拾这些德国鬼子的指示了。四个人对付十四个人的局势只剩三个小时，嗯，就算五个小时了，他们是可以坚持下来的。何况他们已经迫使德国人离开直路绕列贡特沃湖走了，而绕湖走就得走一天一夜。

他的人马带着全部家什来了。两个战士离开了，当然，她们的结局不同，但她们用不着的东西都留下了，于是这支队伍的家当增多了，就像一个精打细算的家庭一样。一见索妮娅，加莉娅·切特维尔塔克就浑身哆嗦，眼看就要号叫起来，但奥夏宁娜对她凶狠地喊道：

"别在这儿发神经……"

加莉娅立刻止住了。她跪在索妮娅头前，轻轻地哭着。而丽达只难过地喘着气，两眼干得像木炭一样。

"来，给她整理一下。"准尉说。

他拿了把小斧子（咳，当初没有带上一把铁锹准备干这种活儿），到石头堆里去找安葬的地方。这儿敲敲，那儿捅捅，都是岩石，一点儿也弄不动。总算找到了一个坑。他砍了很多树枝垫在坑底，然后回到她们这边来。

"她是优等生。"奥夏宁娜说道，"在中学和大学里各门功课都得优。"

"是啊。"准尉说，"还会念诗呢。"

可是他心里想，这并不是主要的。主要的是索妮娅会生一群孩子，而孩子又会生孙子和重孙子，但现在这根线断了。人类永远织不完的长纱上的一根细线被刀子割断了……

"抬吧。"他说。

科麦莉科娃和奥夏宁娜抬肩，切特维尔塔克抬脚，摇摇晃晃地抬起来。切特维尔塔克一只脚上穿着新做的树皮鞋，走路很不灵便，老在地上拖着。费多特·叶弗格拉菲奇捧着索妮娅的大衣跟在后面。

"停下。"他在坑边说，"先放下。"

他们把索妮娅放在坑边上，头放不好，总往一边歪，科麦莉科娃从旁边往头底下垫上一顶军帽。费多特·叶弗格拉菲奇皱着眉头想了想（唉，他不愿意这么做，实在不愿意!)，跟奥夏宁娜嘟囔了一句，不抬眼看她。

"按住她的腿。"

"干什么?"

"叫你按，你就按! 不是这儿，按住她的膝盖! ……"

他从索妮娅脚上脱下一只靴子。

"干什么?"奥夏宁娜喊了起来。"决不能这么做! ……"

"因为还有战士光着脚，就为这个。"

"不行，不行，不行……"切特维尔塔克全身颤抖起来。

"咱们可不是做游戏，姑娘们，"准尉叹了一口气，"要为活人着想，战争中只有这条法则。按住了，奥夏宁娜，我命令你按住。"

他又脱下了第二只，扔给加莉娅·切特维尔塔克：

"穿上吧，也别难受了，德国人不会等着的。"

他下到坑里，接住索妮娅，用军大衣把她裹好，放了下去。姑娘们把石头递过来，他一块块地垒好。大家闷声不响，有条不紊地干着。小坟堆垒起来了，准尉在坟头上放了一顶军帽，还压了一块石头。科麦莉科娃插了一根绿树枝。

"标在地图上，"他说，"战后给她立一个纪念碑。"

他把地图的顶端对准北方，标上一个小十字。他看了一眼，切特维尔塔克的脚上还穿着一只树皮鞋。

"战士切特维尔塔克，怎么回事？为什么不穿上靴子？"

切特维尔塔克全身又颤抖起来：

"不行不行！……不行不行！不能这样！这是有害的！我妈妈是医务工作者……"

"别撒谎了！"奥夏宁娜突然喊起来，"够了。你没有妈妈！从来就没有。你是个弃婴。别在这儿编瞎话了！……"

加莉娅哭了起来，哭得又伤心又委屈，好像孩子的玩具被人弄坏了一样……

10

"嘻,干吗要这样,干吗要这样呀?"任卡搂住切特维尔塔克,责备地说,"我们不应该这么凶,不然也会变得凶残了,变得跟德国人一样凶残……"

奥夏宁娜没再作声……

但加莉娅真是个弃婴,连切特维尔塔克这个姓都是保育院取的,因为她个儿最矮,比大家矮四分之一①。

保育院设在从前的修道院里,肥嘟嘟的、烟灰色的潮虫常从回声很响的穹顶上落下来。当时匆匆忙忙地把许多教堂改成住人的房子,原先画在墙上的满脸胡须的面孔也没抹干净,而修道士的禅房里冷得跟地窖一样。

加莉娅十岁的时候就出了名,她闹了一场修道院成立以来前所未有的丑剧。有一天她起夜的时候忽然惨叫一声,惊动了

①　"切特维尔塔克"是俄文"四分之一卢布"的译音。

全院。从被窝里惊起的保育员发现她躺在昏暗的走廊里，加莉娅有板有眼地说，一个大胡子老头想把她拖进地下室。

这就构成了一起袭击案，可麻烦的是周围没有一个大胡子。来了几个侦察员和蹩脚的福尔摩斯，耐着性子向加莉娅询问，可是越问疑点越多。只有同加莉娅非常要好的老总务主任（正是他替她想出这么响亮的姓来的），才有本事把事情弄清楚，原来都是瞎编的。

大家都瞧不起加莉娅，对她戏弄了很久，可是她一下子又编了个童话。说实在的，她的童话很像大拇指的故事。不同的是，第一，男孩变成了女孩，第二，里面还有几个大胡子老头和几间阴森森的地窖。

大伙儿听腻了这个童话，她出的风头也过去了。加莉娅没有再编新故事，但保育院里又传开了修道士埋藏了珍宝的流言。挖掘珍宝的狂热像流行病似的在孩子们中间蔓延开来，没多久，修道院的院子便挖成了采矿场。领导还没有来得及把这件伤脑筋的事平息下去，地下室又出现了披着白衣的幽灵。很多人都看见了，结果闹得孩子们死也不肯起夜，其后果就可想而知了。简直成了一场灾难，于是保育员不得不设法暗中捉拿妖精。头一个当场被捉住的妖精就是披着公家床单的加莉娅·切特维尔塔克。

这以后加莉娅老实了。她努力学习，辅导准备加入少先队的孩子，人们还同意她加入合唱队，尽管她一直梦想穿长裙子独唱并受到大家的崇拜。这时她头一次堕入情网，由于她总爱把什么事都涂上一层神秘色彩，所以不久之后保育院里到处都可以看见小条子和情书，看见有人流眼泪和订约会。罪魁祸首又一次受到申斥，大家巴不得赶快摆脱她，为她申请了一笔较高的助学金，把她送到中等图书管理学校去了。

战争爆发时，加莉娅正上三年级，头一个星期一，他们全班都到兵役局去了。全班都被录取，只有加莉娅除外，因为她无论身高和年龄都不合乎部队的录取标准。但加莉娅没有认输，跟政治委员死磨硬泡，不害臊地胡吹了一通，终于把那位被失眠症折磨得昏头昏脑的中校说糊涂了，破例把加莉娅派去当高射机枪手。

梦想一旦变为现实就失去了罗曼蒂克的色彩。现实世界原是严峻而残酷的，它要求的不是英雄主义的激情，而是严格地执行军事条令。过节似的新鲜劲儿很快就过去了，而日常生活同加莉娅想象中的前线完全不同。加莉娅不知所措了，成天闷闷不乐，晚上偷偷哭泣。但这时候任卡来了，世界才又重新欢快地旋转起来。

加莉娅不撒谎简直不能过日子。其实，这不是撒谎，而是把愿望说成现实。于是世上就有了妈妈，还是个医务工作者，连加莉娅本人都差点相信这是真的了……

时间耽误了不少，华斯科夫发急了。重要的是尽快离开这儿，探明德国人在什么地方，盯住他们，然后叫他们发现那两个巡逻兵的下场。到那时情况就会倒过来，该是准尉缠住他们了。缠住不放，进行骚扰，牵着他们的鼻子走，并等着……等着我们的人一到，就要开始一场围歼战。

但是……安葬索妮娅，劝说切特维尔塔克，一忙活时间就过去了。费多特·叶弗格拉菲奇这时把冲锋枪检查了一遍，把多余的步枪——勃丽奇金娜的和古尔维奇的——藏在一个僻静的地方，把子弹平分给了大家。他问奥夏宁娜：

“使过冲锋枪吗?”

“只使过咱们自己的。”

“那好吧,把鬼子的拿去吧。我想,你能学会使的。”他作了示范,教她怎样使用这种枪,并提醒她说:“接连射击的时间不能长,那样枪口会往上翘的,打的时间要短。”

谢天谢地,总算出发了……他走在前面,切特维尔塔克和科麦莉科娃是本队,奥夏宁娜断后。他们小心地走着,没有声响,但显然还是更注意自己别出声。居然没有撞上德国人,真是奇迹,神话里的奇迹。

幸亏准尉先发现了敌人。他刚从大圆石后面一探头,就看见两个德国人直冲他走来,其余的跟在后面。要是费多特·叶弗格拉菲奇慢七步,那他们的服役就到此结束,只消两梭子子弹就完事大吉。

但他先走了七步,结果就全然不同了。他既来得及往后一闪,又对姑娘们摆了摆手让她们散开,还把手榴弹从兜里掏出来。好在手榴弹上带着起爆管。他从大圆石后面使劲把它甩了出去,等手榴弹一爆炸,便开了冲锋枪。

条令中这种战斗叫做遭遇战。其特点是敌人不知道你的兵力。你是侦察兵还是先头巡逻组——他们弄不清。因此现在主要是别让他们清醒过来。

费多特·叶弗格拉菲奇显然并没有想这些。这已经牢牢地刻在他脑子里了,一辈子也忘不了。他想到的只是必须射击,还想到他的战士们现在在哪儿,不知她们是藏了起来,卧倒了,还是四散跑了?

子弹的噼啪声响得震耳,因为鬼子所能用上的冲锋枪一齐对准挡着他的那块大圆石开了火。一片碎石打破了他的脸，尘土迷住了眼睛，他几乎什么也看不见，眼泪直往外淌，连擦一擦的工夫都没有。

他那挺冲锋枪的枪机哐当一响跳了回来：子弹打光了。华斯科夫怕的就是这种时刻：换弹夹要几秒钟，而此刻的几秒钟是要用生命来计算的。德国人只要朝停火的冲锋枪扑过来，冲过他们之间的十米距离，那就完了，彻底完了。

但是敌人没有动弹，甚至没有抬头，因为另一支冲锋枪——奥夏宁娜的冲锋枪压住了他们。她每次连发都很短，瞄准了目标迎头射击，为准尉争得了一秒钟，这直到临终前都应请恩人喝酒的一秒钟。

这一仗打了多久，后来谁也记不得了。如果用通常的时间来计算，可以说是一场速战速决的战斗，按照条令的规定，遭遇战就是这种打法。然而若用他们所消耗的精力和所经受的紧张和危险来计算，那它可真相当于很长的一段生活了，而对有的人来说则相当于整整一生。

加莉娅·切特维尔塔克吓得一枪都没放。她趴在地上，把脸藏在石头后面，两只手捂着耳朵，步枪扔在一旁。可是任卡马上就镇静下来，她朝着一个发光的方向放射了一通，也不管打中没打中，这又不是射击场，哪有工夫瞄准。

两支冲锋枪加一支七点六毫米的步枪，这就是全部火力，而德国人竟然没有顶住。当然不是因为他们害怕，而是摸不清底细。他们射击了一会儿就急忙撤退了。没有火力掩护，也没留下阻击队，就那么撤走了。后来才知道是撤到森林里去了。

一下子都停火了，只有科麦莉科娃还在射击，被后坐力震得全身直抖，打完了一夹子弹也住手了。她瞅了华斯科夫一眼，他好像刚从什么地方钻了出来。

"结束了。"华斯科夫松了一口气。

周围死一般的沉寂，只觉得耳朵里嗡嗡直响。空气里弥漫着尘埃，还有一股火药味儿和糊味儿。准尉擦了擦脸，抹了一手血，碎石片把脸划破了好几处。

"打着您了？"奥夏宁娜低声问。

"没有。"准尉说，"你那边也要瞧着点，奥夏宁娜。"

他从石头后面钻出来，没有人向他开枪。仔细瞧了瞧，远处和森林相连的桦树林里，树梢轻轻颤动。他紧握着手枪，小心地往前走了几步。他跑了过去，隐蔽在另一块大圆石后面，再从那儿往外看了一眼，手榴弹炸开的青苔上有一片发黑的血迹。血很多，但是没有尸体，他们已经抬走了。

费多特·叶弗格拉菲奇在石块和树丛间爬了一会儿，确信敌人没有留下人阻击之后才放下心来，直起身子回到自己人那边去。脸上又痒又疼，浑身累得……像驮了一块铁似的。连烟都不想抽了。要能躺一会儿才好呢，哪怕躺十分钟也好，可还没等他走到她们跟前，奥夏宁娜就问他道：

"您是共产党员吗，准尉同志？"

"是布尔什维克党党员……"

"那就请您主持一次共青团会议。"

华斯科夫愣住了：

"主持会议？"

他看见切特维尔塔克又哭得泪人儿似的，而科麦莉科娃被硝烟熏得满脸乌黑，活像个吉卜赛人，两只眼睛闪闪发光：

"贪生怕死！"

原来是这样……

"开会嘛，是好事。"费多特·叶弗格拉菲奇冒火了，"好极了，开个会！就是说，要采取措施，批判切特维尔塔克同志吓慌了手脚，再做一份记录，是不是？……"

姑娘们都不说话，连加莉娅也止住了哭号，她听着，用鼻子大声吸气。

"而鬼子还会在这份记录上给我们加批语。这行吗？……不行！因此，我作为准尉也作为共产党员，决定在目前这段时期里取消一切会议。我还要报告大家一个情况，德国人到树林里去了。手榴弹爆炸的地方有很多血，就是说，我们又干掉了他们一个，他们还剩十三个，应当这么估计。这是其一。其二是我的冲锋枪还剩一夹子弹。你的呢，奥夏宁娜？"

"一夹半。"

"情况就是这样。至于说贪生怕死，这儿不存在这个问题。是不是贪生怕死，姑娘们，要看第二次战斗。这回不过是慌了手脚，因为没有经验。对不对，战士切特维尔塔克？"

"对……"

"那么我命令你把眼泪鼻涕擦干净。奥夏宁娜，你到前边去监视树林里的动静。其他战士吃点东西，尽可能休息一下。有没有问题？执行吧！"

大家默默地吃了一顿饭。费多特·叶弗格拉菲奇一点都不想吃，只想伸直腿坐坐，但他还是使劲地嚼着，需要力气呀。他的战士们，谁也不瞧谁，大口大口地吃着，只听见一片咀嚼声。行，没泄气，眼下还挺得住。

太阳已经落得很低了，树林边上的光线暗了下来，准尉心里很着急。援军不知道为什么还迟迟不到，而德国人可能趁这半明不暗的时候向他扑过来，也可能从湖当中的豁口穿出去，或者钻进森林，到那时你就去找吧。应该再次搜索，盯住他们，掌握好敌情。应该是应该啊，但没有力气了。

是啊，眼前的一切都不顺当，非常不顺当。既牺牲了一名战士，又暴露了自己，加上需要休息。而援军老是不到……

趁奥夏宁娜吃东西的时候，华斯科夫还是休息了一会儿，然后站起来，紧了紧皮带，皱着眉头说：

"战士切特维尔塔克跟我一起去搜索。这边由奥夏宁娜负责，任务是远远地跟在后面。我命令你们，要是听见枪声，就隐蔽起来，直到我们回来为止。哦，要是我们回不来了，你们就撤退。隐蔽地穿过我们原先的两个阵地往西撤。遇到自己人，就向他们报告。"

当然，他脑子里闪过了一个念头，不该带切特维尔塔克去干这样的事。带科麦莉科娃去最合适。这个同志经受了考验，一天之中经受了两次考验。即使是男人能这样夸口的也不多。但作为指挥员，他不只是军事上的负责人，还是下级的教育者。军事条令上就是这样写的。

华斯科夫准尉重视条令。既重视，又背得烂熟，执行起来毫厘不差。因此他对加莉娅说：

"把背囊和大衣留在这儿。紧跟着我走，看我怎样做。不管发生什么情况，都不许出声。一声也不许出，也不许抹眼泪。"

切特维尔塔克一边听着，一边畏惧地连连点头……

11

德国人为什么避免交战呢？想必是凭着有经验的耳朵估量了对方的火力（实在说，并没有什么火力）之后撤离的吧？

这不是什么不值一想的问题，华斯科夫也并非出于好奇才在这上面绞尽脑汁。应当了解敌人，对他们的每一个动作，每一次转移都应当了如指掌。只有从他们的角度考虑问题，才能摸着他们的思路。打仗不光是拼火力，还得比智力。条令就是为了让人解放思想，高瞻远瞩，从敌方的角度考虑问题而制定的。

费多特·叶弗格拉菲奇反复分析情况，左思右想，结论只有一个：德国人根本不清楚他们的底细。既然不清楚底细，那么他干掉的那两个德国鬼子就不是巡逻兵而是侦察兵，也就是说，德国人还不知道这两个家伙的下场，就放心大胆地跟上来了。结论就是如此，至于他从这个结论中得到什么益处，暂时还不得而知。

准尉想了又想，琢磨来琢磨去，像洗牌似的把情况掂量了一番，但并未影响行动。他不出声地、机警地向前疾进，如果可能的话，连耳朵也要竖起来。不过微风既没有送来什么声音，也没有吹来什么气息，于是华斯科夫眼下就这样不停地走着。那个没出息的姑娘勉强跟在后面。费多特·叶弗格拉菲奇不时回头看她一眼，但找不出有什么可以指责的地方。她走路的姿势倒还正常，合乎条令要求，只是总无精打采地拖着步子——刚才发生的事，头上飞舞的子弹，显然对她产生了影响。

其实加莉娅早把那件不愉快的事忘在脑后了。在眼前浮现出的是另一幅情景：索妮娅那张瘦削的死灰色的脸，半睁半合的僵死的眼睛，沾了血而发硬的军上衣。还有……乳房上的两个刀眼，窄窄的，跟刀刃一样。她想的既不是索妮娅，也不是死亡；那把刀似乎扎在她身上，她仿佛听到撕破皮肉的声音，闻到浓烈的血腥味，不禁恶心起来。她一向在幻想世界中比在现实世界中活跃。现在她想忘掉这些，把它们从记忆中抹去，但却办不到，于是心里产生了一种沉重的恐惧感。她就是在这种恐惧的重压下走着，什么都没有想。

费多特·叶弗格拉菲奇对此自然并不知道。他还不知道这位同他生死与共的战士已经被打垮了，她还没有碰见德国人，也没有向敌人放过枪，就已经被打垮了……

华斯科夫举起一只手，他发现脚印往右去了。碎石上的脚印浅得几乎看不出来，可是苔藓地那边有一个很深的脚印，踩下去的坑里积满了水。好像德国鬼子扛着很重的东西突然踩空了一脚，于是留下了眼前这个宽宽的脚印。

"等一等。"准尉低声说。

他丢开脚印不管，往右边走去。等他按倒树枝，就看见洼地里仓促堆起来的干树枝下面隐约露出人的身子。华斯科夫小心翼翼搬开干树枝，才看清有两具尸体脸朝下躺在一个坑里。费多特·叶弗格拉菲奇蹲下来仔细观察，发现上面那具尸体的后脑勺上有一个整齐的枪眼，几乎没有血迹，剪得很短的头发被烧得卷了起来。

"这是他们自己人开枪打死的。"准尉作出了判断，"朝伤员的后脑勺上补一枪，可见，这是他们的常规……"

华斯科夫啐了一口唾沫。虽说朝死人身上啐唾沫是一种最大的罪过，但是除了轻蔑，他对他们没有别的感觉。对他来说，这些人是被排除在常规以外的，不在人的界限之内。

人和动物的区别就在于他明白自己是人。要是他不明白这一点，那就是野兽，尽管有两只手两只脚，也还是野兽，是最凶恶最可怕的野兽。那么对待他也就谈不上什么人性、怜悯和宽恕了。应该揍他，一直揍到他爬进巢穴，再揍得他想起自己是个人为止。

白天的时候，几小时之前，他心中还充满了狂怒，就像口渴了想喝水一样简单，渴望以血还血。现在呢，这种心情突然转移了，缓和了，情绪甚至平稳下来，并且……成熟了，变成一种冷静而审慎的仇恨。他已经不发狠了。

"可见，这是一种规律吧？……得注意才是。"

他平心静气地又减去两名，还剩十二名，整整一打。

他回到切特维尔塔克等他的地方，发现她的眼神里有样东西似乎已经破碎，她可害怕着呢。要是打心眼儿里害怕就糟了，只怕一阵子倒不要紧。因此准尉立刻打起精神，像对心上人那样对她露出笑脸，还挤了挤眼睛：

"加莉娅，我们在那边又消灭了他们两个，就剩下十二个啦，我们用不着害怕了，战士同志。这对我们来说简直不在话下！……"

她没有答腔，一点笑容也没有，一双眼睛直勾勾的。要是个男人，在这种情况下得激怒他，把他痛骂一顿或者使劲给他一个耳光。费多特·叶弗格拉菲奇有过这种经验。但怎样对待这样一位女战士呢？他可不知道了。他没有这方面的经验，条令中也没有处理这类问题的规定。

"你读过讲保尔·柯察金的书吗？"

切特维尔塔克像看一个疯子似的看了他一眼，总算点了点头，于是费多特·叶弗格拉菲奇来劲了。

"这么说，你读过了。我可是见过他，就像现在看见你一样。那一回把我们优秀的军事政工人员都请到莫斯科去了。嗯，我们在那儿参观了列宁墓、各式各样的宫殿、博物馆，还同他见了面。别看他职位高，可倒是个朴实的人，很诚恳。他让我们坐下，请我们喝茶，还问：同志们，干得怎么样？……"

"唉，您为什么骗人，为什么呀？"加莉娅轻声说，"柯察金瘫痪了。而且他根本不是柯察金，而是奥斯特洛夫斯基。他什么都看不见，也动不了，我们以全技校的名义给他写过信。"

"哦，兴许还有一个柯察金吧？……"

华斯科夫感到难为情，脸上发烧了。而这时蚊子还向他进攻。傍晚蚊子咬得特别凶。

"嗯，也许我弄错了。闹不清，只是听人说……"

前面的树枝喀嚓响了一声，声音很清楚，是一只沉重的脚踏出来的。他甚至高兴起来。他一辈子不曾有意撒过谎，也没在下级面前丢过脸。与其挨这个小毛丫头训斥，还不如跟一打鬼子拼呢。

"到树丛里去！……"他低声说，"别出声！……"

他急忙把她推进树丛，把树枝扶直，自己卧倒在旁边一块大石头后面，卧得正是时候。一看，又过来了两个，都是一副提心吊胆的样子，仿佛地上烫脚似的，手里端着冲锋枪，准备随时射击。德国人真死心眼儿，总要两个人一起行动，准尉还没来得及惊奇，两个德国鬼子背后和左边的树丛就动了起来。他明白了，两边都有巡逻兵，看来一次遭遇战再加上两名侦察兵失踪真把德国人弄得晕头转向了。

准尉能看见他们，可他们看不见准尉，因此主牌爱司还在他手里。不错，这是唯一的一张主牌了，但他可以用这张牌更狠地打击他们。不过这会儿可不能慌张，千万不能。费多特·叶弗格拉菲奇全身紧贴在青苔上，连叮在出了一头汗的额头上的蚊子都不敢去赶。放他们溜过去，让他们把背对着准尉，让他们自己指出搜索的方向，到那时候就该他大显身手了。把主牌爱司甩出去……

人在危难的时刻要么什么也不能想，要么能长出两个心眼来，一面考虑下一步怎么走，一面注意着眼前的情况：眼观六路，耳听八方。华斯科夫虽说在考虑如何把主牌爱司甩出去，眼睛一直盯着敌人，但一刻也没有忘记切特维尔塔克。不要紧，她隐蔽得很好，很严实，德国鬼子似乎已经绕过她了，因此看不出她那儿会有什么危险。德国人好像把这地方切成了若干块，而他和女战士正巧待在这些碎块的中央，虽说不在同一块。那么应该屏住呼吸，尽量跟苔藓和树丛融为一体，等敌人过去再行动，再会合，用国产步枪和德国冲锋枪分头向目标开火。

根据一切情况看来，德国人搜寻的还是那条老路，他们迟早会碰上奥夏宁娜和科麦莉科娃的。这当然使准尉不安，不过还不能说十分不安，因为这两个姑娘都经历过真刀真枪的锻炼，有判断能力，能见机行事，或者隐蔽起来，或者往远处撤。何况他已想好了一个行动方案，等到德国鬼子走过他身旁，他们就正好处于火力交叉点上。

敌人越过切特维尔塔克藏身的树丛，在她左面二十米的地方一直走过去。两侧的巡逻兵尚未暴露，但是费多特·叶弗格拉菲奇知道他们会从哪儿走过去。他和切特维尔塔克似乎都不会碰上敌人，但他还是谨慎地扳开了冲锋枪的保险机。德国人欠着身子平端着冲锋枪，默默地前进。因为有巡逻兵掩护，他们几乎不往两边看，只盯着前方，随时准备对付正面的射击。再有几步他们就该走到切特维尔塔克和华斯科夫的射击线上了。从这一刻起，他们的脊背就对着准尉那双猎人的眯缝眼了。一阵响声，树枝分开了，加莉娅突然从里面蹿了出来，两手抱着头，弯着腰，从敌人前面的空地上横穿过去，她的眼睛和脑子都不管用了。

"啊——"

冲锋枪哒哒地响了几声。从十步之外打中了那个瘦削的、由于奔跑而肌肉紧张的脊背。加莉娅趔趄着扑倒在地，两只吓得向后弯的手仍旧抱着头。她最后的喊声消失在咕嘟咕嘟的喘气声中，两条腿还在动弹，似乎还在奔跑，索妮娅皮靴的靴尖插进了苔藓地里。

　　林间空地上一片寂静，寂静持续了一秒钟左右，连加莉娅的腿也动得慢了，她像在做梦。华斯科夫仍旧一动不动地伏在巨石后面，还没意识到他的全部计划都已落空，手中的主牌爱司一下变成六点。谁知道他会这样躺多久，下一步又如何行动，可是他身后传来树枝折断的喀嚓声和脚步声，他估计这是右侧的巡逻兵听到枪声赶来了，正冲着他跑过来。

　　没有工夫细想了。没有时间了。费多特·叶弗格拉菲奇只作出一项主要的决定，就是把德国人引开，引到自己这边来，迷惑他们，让他们离开自己最后的两名战士。他作出这个决定，就不再隐藏。他跳起身来，对着两个弯下腰察看加莉娅的敌人打了一梭子弹，又往树丛中有脚步声的地方打了一梭子，然后弯着身子离开锡纽欣岭朝树林飞奔过去。

　　他没看见是否打中，顾不上了。现在必须从德国人中间冲过去，安全地跑进树林，并且保护好两个姑娘不受伤害。她们是最后两名了，他必须保全她们，凭着男人和指挥员的良心也得这么办。牺牲的女兵够多的了，这样的事够了，到死也不能再发生了。

　　准尉很久都没有像那天傍晚那样跑过了。他在树丛中钻进钻出，在巨石之间穿来穿去，卧倒，爬起来，再跑几步，再卧倒，躲避着把头顶上的树叶打得纷纷下落的子弹。他朝四处晃动的人影哒哒打几枪，故意弄出许多声音来。他折断灌木，跺脚，喊得嗓子都哑了，因为他没有权利只顾自己撤离而不把敌人引到自己这边来。必须豁出性命来引诱敌人。

　　有一点他几乎不用担心，那就是德国人包围不了他。他们不熟悉地形，要想包围他，人数又太少，而主要的是他们对上一回的遭遇战印象太深，所以现在一边跑一边回头张望。因此眼下他退得容易。他故意逗引德国鬼子，惹他们发火，叫他们不停地追赶，不让他们清醒过来，发现这儿只有他一人，严格说的话，只有他一人。

还是雾帮了忙，那年春天常有雾。太阳刚落到地平线下，洼地上就烟雾腾腾，树丛中云雾缭绕。在乳白色的浓雾之中，别说藏个把人了，就是藏一个团也绰绰有余。华斯科夫随时可以隐没在这团云雾之中，谁想找就来试试！糟糕的是，白色的雾头向湖边弥漫，而他正好相反，千方百计要把德国鬼子引进树林里去，因此，只在万不得已的时候，他才钻进雾里，然后又跑出来：喂，德国鬼子，我还活着哩……

总的说来，他运气还算不坏。即使更小规模的对射，有时也能把人打得浑身都是窟窿，这回他倒安然无恙，跟死神玩够了老鹰捉小鸡的游戏。不过，跑到森林这儿来的不止他一个，后面还跟着一大群。就在这时候，他的冲锋枪最后响了一声就哑了。子弹打完了，又没有备用的弹夹，冲锋枪已经把准尉的手坠得酸痛不堪了，于是，费多特·叶弗格拉菲奇把它塞到一棵倒伏的树底下。他开始轻装撤退，没有武器了。

这边没有雾，子弹不断打在树干上，打得木片乱飞。现在可以脱身了，现在是为自己考虑的时候了。但是德国人发了狠劲，到底把他半包围起来，穷追猛打，显然想把他逼到沼泽地里活捉。双方的形势就是如此，准尉如果是他们的指挥官，为了抓这个"舌头"也会颁发大把勋章，决不吝啬的。

他刚想到这儿，正庆幸大概不会向他开枪了，手上就中了一弹，打在肘下的肌肉上。费多特·叶弗格拉菲奇匆忙中没弄明白，还以为无意中被树枝挂了一下呢。可是一股热血顺着手腕淌了下来，血不太多，但很浓，子弹擦破了静脉。华斯科夫凉了半截儿，带着枪眼可打不好仗。得弄清情况，包扎伤口，喘一口气。这条散兵线是冲不过去，也摆脱不了的。出路只有一条：往沼泽地撤，别怕跑路。

他使出全部的劲儿向沼泽地跑去。等他跑到那棵显眼的松树跟前，心都快跳出来了。他拿起一根木杆，看见还剩下五根，但也顾不得细想了。德国鬼子的脚步声、咿里哇啦的说话声、子弹的呼啸声在森林里响成一片。

他是怎么穿过沼泽地走到小岛上的，一点印象都没有了。他清醒过来以后，发现自己躺在歪七扭八的小松树下面，是冻醒的，冻得浑身哆嗦，上牙合不住下牙。手疼得厉害，不知是受潮了还是什么别的原因……

费多特·叶弗格拉菲奇记不得在这儿躺了多久。看来时间不短，因为四周是死一般的沉寂。德国人走了。黎明前雾更浓了，直向地面压下来。华斯科夫觉得潮气袭人。不过伤口已不再流血。手上糊满了沼泽地的烂泥，显然把伤口也糊住了。准尉没把烂泥搓掉，幸亏口袋里还有一卷绷带，就用它缠在胳膊上，又开始观察。

森林外边渐渐亮起来，沼泽地上的高空中泛着白光，把雾气压向地面。待在这杯底似的地方，真像掉进冰牛奶里了。费多特·叶弗格拉菲奇一面打寒战，一面难过地想那个珍贵的军用水壶。现在只有一个解救办法，就是蹦跳，他一直跳到浑身出汗才罢。这时浓雾渐渐散开，可以仔细观察了。

华斯科夫无论怎样瞭望，也看不出德国人那边有什么威胁他的危险。当然德国鬼子也可能隐蔽在那里，等他回来，不过这种可能性实在很小。在他们看来，这片沼泽地无法通行，那就是说，他们一定认为华斯科夫准尉早已淹死了。

我们这边，就是通往车站，直通玛丽娅·尼基弗罗芙娜家的那个方向，费多特·叶弗格拉菲奇没有特别注意观察。这边没有任何危险，恰恰相反，生活很美满：半小杯烧酒，一碟荤油煎鸡蛋，还有温柔的女房东。他本不该往这边瞧，要顶住诱惑。可是不知为什么援军迟迟不到，因此他不时朝这边张望。

远处，有件发黑的东西，准尉看不清是什么。一瞬间，他很想过去看看，但他刚跳得喘气，决定先缓一缓。等他喘过劲儿来，天已大亮了。他看清了烂泥里那发黑的是什么东西。他立即想起那棵显眼的松树旁边现在还剩下他砍的五根杆子，于是恍然大悟。还剩五根杆子，那就是说，战士勃丽奇金娜没拿支撑的东西就下了这该死透顶的泥潭……

她只留下一条军服裙子，此外别无他物，更别指望援军会来了……

12

……华斯科夫忽然想起他计算从树林中走出来的敌人人数的那个早晨，想起索妮娅在他左肩旁低声说的话，莉扎·勃丽奇金娜那双睁得大大的眼睛，还有穿树皮鞋的切特维尔塔克。他一边回忆，一边大声说：

"这么说，勃丽奇金娜没有走到家……"

因伤风而变哑的嗓音飘过沼泽地的上空，接着一切又都沉寂下来。在这片死亡之地，连蚊子叮人都是不声不响的。准尉叹了一口气，毫不犹豫地一脚迈进沼泽地。他拄着杆子，艰难地朝岸边走去，心里惦着科麦莉科娃和奥夏宁娜，希望她们还都活着。他还想到他的全部武器就剩下腰里别着的一把手枪了。

敌人只要在这儿留下一个人，华斯科夫准尉就会一头栽倒在烂泥里，乃至尸骨无存。因为他正挺着胸往岸边走，没法卧倒，也无处隐蔽。敌人可以在两步之内把他撂倒。但是德国鬼子没有留下一个人，所以费多特·叶弗格拉菲奇毫无阻碍地走到熟悉的小河汊。他马马虎虎洗了洗，喝足了水。接着从口袋里摸出一片纸，拿干苔藓卷了一支烟，用"喀秋莎"①点着，抽了起来。现在可以好好地想一想了。

看来昨天这一仗他打输了，虽说消灭了四分之一的敌人，他还是输了，因为没有挡住德国人，自己的人员倒损失了一半，全部弹药都已耗尽，只剩下一支手枪了。不管你高兴不高兴，也不管你怎样替自己辩解，情况很糟，最糟的是他不知道现在敌人在哪个方向。华斯科夫觉得苦恼，不知是因为肚子饿了，烟味呛人，还是只剩下他一个人，心绪烦乱，乱得像一窝黄蜂。真像黄蜂：只蜇人，不产蜜……

当然，应该跟自己的部下会合。虽说只剩下两个女兵，却是两个最能干的女兵。他们三个人也还是一支力量，只可惜手中没有武器。他作为指挥员应该马上回答两个问题：怎么打？用什么打？答案只有一个：首先亲自摸清情况，上德国人那儿去弄武器。

昨天德国人追他的时候毫无顾忌地胡跑乱踩，树林里留下了许多脚印。费多特·叶弗格拉菲奇顺着脚印走，就像照着地图转一样；他辨认着不同的脚印，心里暗暗计算。计算的结果是追捕他的敌人绝对超不过十人，也许是有人留下照看东西，也许是他又打死了个把人。不管怎么说，目前还应该按一打计算，因为头天晚上根本没有工夫瞄准。

他沿着脚印来到林子边缘。这儿面临沃皮湖，背靠锡纽欣

① "喀秋莎"是苏军在二次大战期间使用的一种火箭炮，也是士兵对简陋打火工具的谑称。

岭，往右是一片灌木丛和矮松林。费多特·叶弗格拉菲奇在这儿稍事停留，把周围察看了一番，但他既没有发现自己人，也没有发现敌人。眼前是和平、宁静。天赐良辰，然而附近潜伏着一批德国冲锋枪手，还隐藏着两个抱着七点六毫米步枪的俄罗斯姑娘。

尽管准尉很想到乱石堆里去找那两个姑娘，但他却没有钻出树林。他不能拿自己的生命冒险，绝对不能。因为虽说他苦恼已极，但绝不承认自己已被打败，战斗也不能就此结束。费多特·叶弗格拉菲奇饱览空阔宁静的景色之后，又钻进密林，开始绕着锡纽欣岭往列贡特沃湖岸走去。

他的推测跟减法一样简单。昨天德国人追了他半夜，虽说是白夜，也不能糊里糊涂地乱闯。他们必须等天亮，要等天亮，最合适的地方就是列贡特沃湖畔的森林，万一发生什么情况，不必退到沼泽地里去。因此费多特·叶弗格拉菲奇离开了熟悉的狭长形石滩地，转移到不熟悉的地方去。

在这边他步步留神，从一棵树后面藏到另一棵树后面，因为脚印突然消失了。但是树林里非常安静，只有鸟儿跳来跳去。根据鸟儿的啾鸣，费多特·叶弗格拉菲奇断定附近没有人。

他这样悄悄地走了很久，开始怀疑自己估计错了，白白地跑到没有敌人的地方找敌人来了。眼下他没有什么可作依据的方位物，全凭感觉，而感觉提示他，这条路走得对。他正要怀疑他那猎人才有的感觉，刚刚停下，打算重新考虑和斟酌的时候，前面突然跳出一只野兔。野兔飞也似地蹿到林间空地上，没有发现华斯科夫，它立起身来向后张望。这是一只受惊的野兔，它被人惊着了，因为很少见人，所以好奇地张望。于是准尉也像兔子一样竖起两只耳朵，也朝那个方向张望。

可无论怎样用力看和仔细听，他都没有发现什么异常现象。野兔已经溜进白杨树林里去了。费多特·叶弗格拉菲奇望得流出了眼泪，可是仍然站在那儿不动，因为他相信这只兔子胜过相信自己的耳朵。于是他像影子似的悄悄向兔子张望的方向移动。

起初他没有发现什么，后来看到树丛那边有个褐色的怪东西，上面长着一块块的苔藓。华斯科夫向前跨了一步，屏住呼吸，用手拨开树枝，眼前出现一座半陷进地里去的木房子，墙壁因年深日久长满了苔藓。

"这是列贡特隐士院。"——准尉明白了。

他溜到墙角后面，看见一座朽坏了的井栏，一条荒草丛生的小径，还有一扇斜挂在铰链上的房门。他掏出手枪，竖起耳朵听，又潜到门口，看了看门框和生锈的铰链，发现有一片草被人踩过，台阶上还有一个没干的脚印。他明白了，这扇门被撬开还不到一个钟头。

这倒要问问为什么了，德国人总不至于出于好奇才撬开这所废弃了的隐士院的门吧？那就是说他们有这种必要，要找藏身的地方，可能有伤员，也可能要藏什么东西。准尉找不出别的解释，于是又退到树丛里，特别留神别在无意间留下什么痕迹。他爬到树木茂密的地方，就一动不动地待在那里。

蚊子刚来叮他，就有一只喜鹊在什么地方喳喳地叫起来。后来一根树枝喀嚓响了一声，什么东西喤啷一响，接着十二个人一个跟一个从树林里出来了，朝列贡特隐士院走去。十一个人拎着小包（准尉断定是炸药），第十二个人挂着一根棍子，瘸得很厉害。走到隐士院门前，他们把小包放下，那个伤员立即在台阶上坐下来。有一个人往屋里搬炸药包，其他人点上烟就谈论起什么来，还轮流看地图。

蚊子叮华斯科夫，吸他的血，可是他连眼睛都不敢眨一下。他握着手枪蹲在离德国鬼子不过两步远的地方，听得见他们说的每一个字，只是听不懂他们说什么。他总共只听得懂会话手册里的八句话，而且还得由俄国人来说：拖腔拖调的。

不过也不必猜测了。他们围在一起看地图，站在中间的领队把手一挥，围着他的十个人就举起冲锋枪往树林里去了。没等他们隐没在树林里，那个提炸药包的人就把伤员搀起来，扶他进屋里去了。

华斯科夫终于可以喘口气，对付蚊子了。情况已经一清二楚，胜负取决于时间，因为德国人不是到锡纽欣岭去采野果的。他们想必不愿意绕着列贡特沃湖兜圈子，而是一心看中两湖之间的那条河滩路。现在他们轻装前去，就是为了寻找缺口。

赶到他们前面去，找到姑娘们，重新开始战斗，这对他来说自然不费什么力气。令他犹豫的是武器，没有武器就别想挡住德国鬼子的去路。

这所小木头房子里现在有两支冲锋枪，就在歪歪斜斜的门背后，两支冲锋枪，真是宝物，可怎么把这两件宝物弄到手呢？华斯科夫暂时还想不出法子来。他一夜没睡，加上手又受了伤，铤而走险是不行的，因此费多特·叶弗格拉菲奇把情况摸清之后，索性等德国人自己从房子里出来。

他没有白等。一个让蚊子咬肿了脸的德国兵爬出来送死了，大概是想找水喝吧。他端着冲锋枪，腰里挂着两个水壶，小心翼翼地钻了出来。他左顾右盼，谛听了很久，终于离开墙根往井台走去。于是华斯科夫慢慢举起手枪，屏住呼吸，像参加射击比赛一样，不慌不忙地扣动了扳机。只听得一声枪响，德国兵猛地向前一栽。为了稳妥起见，准尉又补了一枪，正想跳起来，可巧看见门缝里那个伤员，他在掩护自己的同伴，看见了这一切情形。现在准尉跑到井边去，非吃子弹不可。

华斯科夫凉了半截，心想这个伤员马上就会打一梭子弹。只需朝天鸣枪报警，那就全完了。德国人会立刻跑回来搜索树林，准尉服役便到此结束。跑了头回跑不了二回。

不知怎的，这个德国兵没有鸣枪，不知在等什么。他警惕地移动着枪管，却没有发射信号。他分明看见同伴一头撞在井栏上，还在抽搐，却不呼救。他在等……等什么呢？……

华斯科夫忽然明白了。他全明白了，这个法西斯混蛋在保自己的命。他这个快要死去的人，置军令和往湖边去的朋友于不顾，现在想的只是别把注意力引到自己身上来。他对这个没露面的敌人怕得要命，只求能够不声不响地躺在这些一抱粗的圆木后面挨过去。

哼，德国鬼子在死亡面前可不是英雄，完全不是。准尉明白了这一点，轻松地舒了一口气。

费多特·叶弗格拉菲奇把手枪塞进枪套里，小心向后爬去。他很快就绕到隐士院的另一边，再从那儿爬到井边。果然不出他所料，受伤的德国鬼子并没往死人那边瞧。于是准尉不慌不忙地爬到死人跟前，摘下他的冲锋枪，又从皮带上解下弹药袋，神不知鬼不觉地回到树林里。

现在全要看他的速度了，因为他绕道走。这次冒险是迫不得已的，但他冒险成功了。他一口气跑到和锡纽欣岭相连的小松林，到了那儿才喘口气。

这里是他爬熟了的地方。他的姑娘们要是没有往东撤，就该藏在这儿的什么地方。尽管费多特·叶弗格拉菲奇嘱咐过她们，一旦有情况就往东撤，但现在他并不相信她们会完全照办。他不相信，也不愿相信。

他在这儿歇了会儿，仔细听了听有没有德国人，然后沿着昨天和奥夏宁娜走过的那条路小心谨慎地朝锡纽欣岭走去。昨天大家还都健在，除了莉扎·勃丽奇金娜……

她们倒是撤走了，不过撤得不远，就在河对面昨天早晨给德国鬼子做戏的地方。可是费多特·叶弗格拉菲奇并没料到，因而在乱石堆里和原先的阵地上都没找到她们之后，就心神不定地朝河边走去，但已不是去找她们了。他忽然悟到只剩下他一个人，孤零零的一个人，一只手还挂了花。他心里顿时充满惆怅，心乱如麻，糊里糊涂地来到这个地方。他刚要跪下去喝水，忽然听见一声轻如耳语的呼唤：

"费多特·叶弗格拉菲奇……"

接着又是一声呼唤：

"费多特·叶弗格拉菲奇！……准尉同志！……"

他猛地抬头一看，她们正从河对岸跑过来。她们在水里跑着，连裙子也没提起来。他奔过去迎她们，大家就在水里拥抱在一起。她们俩一下子吊在他的身上，亲吻他，也不管他浑身是泥，汗味熏天，满脸胡子……

"瞧你们，姑娘们，怎么啦！……"

连他自己也差点没掉下眼泪来，泪珠已经挂在睫毛上，显然是感情变脆弱了。他搂着两个姑娘的肩膀，三个人就这样朝对岸走去。科麦莉科娃一直紧紧地靠着他，抚摸他那毛扎扎的面颊。

"唉，姑娘们，我的好姑娘们！吃了东西没有？打了个盹没有？"

"准尉同志，我们吃不下，也睡不着……"

"我的小姊妹们，现在我还算什么准尉呀？我现在就是你们的哥哥。你们就叫我费多特好啦，或者像我妈妈那样叫我费佳也行……"

他们的背包、大衣卷和步枪都在树丛里堆着。华斯科夫立刻跑过去取自己的背囊。他正要解带子，任妮娅问道：

"加尔卡呢？"

她轻轻地，犹豫不决地问道。看来她们都明白，不过想证实一下。准尉没有回答，他默默地解开带子，取出一块又干又硬的面包，一块咸猪油，还有一只军用水壶。他往三个缸子里倒了点酒，掰开面包，切了几小块咸猪油，分给两位战士，然后举起缸子。

"我们的战友英勇牺牲了。切特维尔塔克在交战时阵亡，莉扎·勃丽奇金娜淹死在沼泽地里。算上索妮娅，我们一共损失了三个同志。情况就是这样，不过，我们在这儿，在两个湖中间，跟敌人周旋了一天一夜。一天一夜啊！……现在我们要再赢他个一天一夜。可是我们不会有援军了，而德国人就要到这儿来。因此现在让我们一起来纪念我们的姐妹，然后就要投入战斗。看来这是最后一次战斗了……"

　　"我们的战友英勇牺牲了。切特维尔塔克在交战时阵亡，莉扎·勃丽奇金娜淹死在沼泽地里。算上索妮娅，我们一共损失了三个同志。情况就是这样，不过，我们在这儿，在两个湖中间，跟敌人周旋了一天一夜。一天一夜啊！……现在我们要再赢他个一天一夜。可是我们不会有援军了，而德国人就要到这儿来。因此现在让我们一起来纪念我们的姐妹，然后就要投入战斗。看来这是最后一次战斗了……"

13

有时苦难就像一只长毛母熊，把你扑倒，撕扯你，折磨你，直到把你弄得眼发黑。可是你推开它之后倒也无所谓了，似乎可以照常呼吸、生活、行动，就跟什么事儿都没有一样。

有时也会发生一些小事，事情虽小，一时疏忽大意，却会引起但愿任何人都别碰到的后果。

吃完早饭，大家作战斗准备的时候，华斯科夫就碰到了这样一桩事。他翻遍了自己的背囊，每样东西都摸了三遍，就是没有，丢了。

第二颗手榴弹的起爆管和手枪子弹都是小玩意儿，但是手榴弹缺了起爆管就成了一块废铁，一个石子似的炸不响的铁块。

"我们现在可没有大炮了，姑娘们。"

他脸上带着笑容说，怕她俩受不了。可这两个傻丫头对着他笑，喜洋洋的。

"没事儿，费多特，咱们能打退他们！"

说这话的是科麦莉科娃，直接叫准尉的名字有点拗口，脸都红了。她显然不习惯对指挥员直呼其名。

对付敌人的武器总共只有三支步枪、两支冲锋枪和一把转轮手枪。十来个敌人一扫射，你就招架不住了。不过应该估计到，祖国的树林会帮忙的。树林和小河。

"拿着，丽达，再给你的冲锋枪配一夹子弹。不过不要远距离射击。朝河对岸打要用步枪，节约使用冲锋枪子弹。等他们强行渡河的时候它就管用了。很管用，明白吗？"

"明白。费多特……"

这姑娘也口讷了。华斯科夫笑了一笑。

"叫费佳也许顺口点，当然，我的名字就是拗口，但就是这样的名字……"

这一天一夜德国人可不是轻易度过的。他们加倍小心，因此行动缓慢，每一块大石头后面都要看一看。他们把能搜查的地方都搜查遍了，所以来到河岸的时候，太阳已经老高了。情形同上一次完全一样，只是这次他们对面的树林里再也听不到姑娘们的喊叫声，而是一片令人胆战心惊的神秘的沉寂。敌人嗅到了威胁，迟迟不敢接近水边，虽然可以看见他们的身影在对岸的树丛里闪来闪去。

费多特·叶弗格拉菲奇把两个姑娘留在河面宽阔的地段，亲自为她们选好了阵地，指明方位物，自己把守那条突入河面的楔形地带，一昼夜前任卡·科麦莉科娃就是在这儿用自己的身体挡住德国鬼子的。这儿的两岸几乎挨在一起，两边的树林都一直伸展到水边，在这地方强行渡河再理想不过了。正是在这儿，德国人比在别处暴露自己的次数更多，企图引诱沉不住气的对手开枪。但暂时还没有发现沉不住气的人，因为华斯科夫对他的战士下了一道死命令，德国鬼子不下水，绝对不许开枪。在这之前，连呼吸都得放慢速度，免得鸟儿受惊不叫了。

一切都在手边，一切都已准备停当：子弹推上枪膛，步枪的保险已经打开，免得过早地惊动了喜鹊。准尉几乎平静地望着对岸，只是那只该死的胳膊疼得钻心，就像牙齿受凉时一样。

对岸的情形正好相反：小鸟吓得不敢叫，喜鹊吓得拼命乱叫。这一切费多特·叶弗格拉菲奇都看在眼里，估量着，他拿定主意，一定要抓住鬼子厌倦了互相凝视的一刹那。

但是第一枪没轮到他放，尽管他一直等着放这一枪。枪声还是吓了他一跳：枪声总是突如其来又出人意料的。它是从左边，河的下游传来的，接着又传来了几声。华斯科夫看了一眼，看见河面宽阔的地方有一个德国鬼子正手脚并用地往岸边爬，往自己人那边爬，子弹在他周围呼啸，但没有打中。这个德国鬼子爬得很快，一只脚在砂砾地上拖着，蹭得嚓嚓响。

这时冲锋枪打响了，掩护自己受伤的伙伴。准尉差一点没跳起来跑到自己人那边去，但他忍住了。他忍得很及时，因为对岸的树丛里一下子钻出四个人，直冲到河边，显然想在火力掩护下冲过小河，钻进树林。这时步枪已经不顶用了，因为没有工夫一次一次拉枪栓，退弹壳，于是费多特·叶弗格拉菲奇端起了冲锋枪。他刚刚扣动扳机，对面树丛里两道火光一闪，一阵扇面形的子弹飞过他的头顶。

在这场战斗中，华斯科夫坚守着一条原则：决不后退。不让德国人在这条岸上站稳脚跟。不管多么艰难，不管如何绝望，都要坚持住。必须守住这块阵地，否则就要被击溃，那时就全完了。他感觉到仿佛整个俄罗斯正站在他背后，仿佛正是他，费多特·叶弗格拉菲奇·华斯科夫，此刻是俄罗斯最后的一个儿子和保卫者。整个世界上再也没有别人了。只有他、敌人和俄罗斯。

他好像还用第三只耳朵听着姑娘们那边的动静：有没有步枪的枪声。还有，那就是说她们还活着，还在坚守着自己的战线，捍卫着自己的俄罗斯。她们还在坚守着！……

手榴弹开始在那边爆炸了，但这也没有使他惊慌。他感到马上就会出现间歇，因为德国人摸不清对方的实力，不会老打下去。他们也需要估量情况，洗洗手里的牌，然后再重新发牌。那四个直奔他来的德国鬼子马上又撤了回去，动作如此敏捷，他都没来得及看清有没有被他打中的。他们退进树丛，打几枪吓唬吓唬对方，便又没有动静了，只有硝烟还在水面上弥漫。

又赢得几分钟。说实话，今天的时间不应该用分来计算，因为无论从哪边都不会有援军来。但他们总算咬了敌人一口，露了露锋芒。下一次敌人不会轻易到这个地方来了，他们会到别处找缺口：多半会到上游去，因为河面宽阔地段的下游，河边巨石陡立。也就是说，应该立刻往右转移，留一个姑娘在他守卫的这个地方，以防万一……

华斯科夫还没来得及把自己的部署考虑成熟，便被背后的一阵脚步声打乱了。他回头一看，科麦莉科娃正穿过树丛直向他跑过来。

"弯腰！……"

"快！……丽达！"

费多特·叶弗格拉菲奇没问丽达出了什么事，一看眼神就都明白了。他抓起枪，比科麦莉科娃先跑到那边。奥夏宁娜蜷缩着身子坐在松树下，背靠着树干。她动了动发灰的嘴唇，勉强笑了笑，不断舔嘴唇，鲜血顺着交叉着搁在肚子上的两只手往下流。

"是什么伤着的？"华斯科夫只问了这么一句。

"手榴弹……"

他让丽达仰面躺下，抓住她的双手，可是丽达不愿把手挪开，她怕疼。他轻轻拉开她的手，明白了，完啦……甚至看不清下面都是些什么，因为什么都粘在一起了，又是血，又是炸烂的军装，还有勒进肚皮里面的士兵皮带。

"拿布条来！"他叫道，"给我一件衫衣！"

任卡用颤抖的双手拉开了自己的背囊，塞给他一件轻柔光滑的衫衣……

"不要绸的！要亚麻布的！……"

"没有……"

"真见鬼！……"他跑过去拿自己的背囊，解带子。带子简直像故意捣乱似的系得紧极了……

"德国人……"丽达颤动着嘴唇说，"德国人在哪儿？"

任卡盯着她看了一秒钟，然后抓起冲锋枪，头也不回地就朝岸边跑去。

准尉取出一件衬衫、一条衬裤和两卷备用绷带，又跑回丽达这儿来。丽达想说什么，他没去听。他用刀子割开浸透鲜血的军服上衣、裙子和内衣，把牙齿咬得紧紧的。一块弹片斜穿过去，炸破了肚子，青灰色的内脏在黑血下面微微颤动。他把衬衫盖在伤口上面，替她包扎。

"没关系，丽达，没关系……弹片从表皮上擦过，没伤着肠子，能长好……"

岸边打过一梭子弹来，周围又响起了一片枪声，打得树叶乱飞，而华斯科夫包扎了一层又一层，布条马上又被鲜血浸透。

"去吧……到那边去!……"丽达费力地说，"任卡在那边……"

一梭子弹就从旁边擦过。不是从上面飞过，而是对着他们打来的，只是没有打中而已。准尉回头看了一眼，掏出手枪朝一个闪过的人影开了两枪。德寇已经过河了。

任卡的冲锋枪还在响，继续威胁着敌人，只是越来越往树林子里撤。华斯科夫明白，科麦莉科娃一面还击，一面把敌人吸引到自己身边来。她吸引了一些敌人，但不是全部;又有一个敌人闪了一下，准尉又朝他开了一枪。必须撤走，把奥夏宁娜带走，因为周围都是德国人，每一秒钟都可能成为最后的时刻。

他抱走了丽达，不听她那咬破了的发灰的嘴唇说什么。他想把步枪带走，但拿不了。他跑进树丛，每跑一步都觉得那只被打穿的像牙疼那样疼得钻心的左手越来越没有力气了。

背囊、步枪、大衣卷，还有那件被准尉扔在一边的任卡的内衣都留在松树下。任卡那件内衣娇柔、轻软、美观……

任卡一见漂亮的内衣就爱得要命。很多东西她都可以轻易放弃，因为她生性开朗快活，但母亲在战争爆发前夕送给她的几套内衣她却非要塞进军用背囊，随身携带不可，尽管为此不断受到申斥，被罚额外执勤，以及招致士兵们才会碰到的倒霉事儿。

特别值得一提的是一件衣裤相连的内衣,任卡简直喜欢极了。连任卡的父亲都生气地说:

"哎,任卡,这太不像样了。你干什么去?"

"参加晚会!"任卡傲慢地回答道,虽然她明明知道父亲说的完全是另外一件事。

他们互相十分了解。

"跟我打野猪去吧?"

"不行!"母亲吓坏了,"你疯了,带小姑娘去打猎。"

"让她习惯习惯嘛!"父亲笑了,"红军指挥员的女儿什么都不应该怕。"

任卡也真是天不怕地不怕,她骑马驰骋,在打靶场射击,跟父亲一起埋伏起来打野猪,骑父亲的摩托车满军营飞驰。她在晚会上跳吉卜赛舞和墨西哥快步舞,在吉他伴奏下唱歌,还爱跟那些把腰勒得紧紧的尉官们谈情说爱,不过仅仅玩玩而已,并不动真情。

"任卡,你把谢尔盖丘克中尉弄迷糊了。他今天向我报告时说:'任……将军同志……'"

"你老爱瞎说,爸爸。"

那些日子多么幸福,多么快活。可是母亲却总是满脸愁容,经常唉声叹气:姑娘大了,早先都该叫大小姐了,可是她做出来的事……老是叫人莫名其妙:不是打靶、骑马、开摩托车,就是跳一夜舞。尉官们送来的花束粗得像水桶,又是在窗前奏小夜曲又是寄来诗体情书。

"任涅奇卡,不能这样啊!你知道兵营里的人都怎么说你吗?"

"他们爱怎么说就怎么说好了,妈妈!"

"他们说,有人看见你和卢仁上校在一块好几次了。可是他有家呀,任涅奇卡,怎么能这样做呢?"

"我要卢仁干吗!……"任卡耸了耸肩就跑了。

卢仁长得英俊,有一股神秘的味道,战斗非常英勇,在哈勒欣河战役中得过一枚红旗勋章,苏芬战争中又得过一枚金星奖章。母亲觉得任卡回避这类话并非没有原因。她感觉到了,开始担心起来。

当任卡失去亲人,一个人孤单单地越过战线后,卢仁收留了她。他收留她,保护她,给她以温暖,并不是想利用她的孤立无援的处境把她弄到手。当时她需要有个依靠,有个落脚的地方,好痛哭一场,倾吐心中的悲愤,得到一点安慰,以便在这严峻的战争世界中重新找到自己的天职。一切都像应当发生的那样,任卡没有沮丧失望。她本来就从未沮丧失望过。即使现在,当她把德寇从奥夏宁娜身边引开的时候,她也还是充满信心,对于一切都将圆满地结束不曾有片刻怀疑。

甚至当头一颗子弹打中她的肋部时,她也只是感到惊讶,年方十九就要离开人世,这多么愚蠢,多么荒唐,多么难以令人置信呀……

德国人是隔着树叶乱扫射时伤着她的,她本来可以隐蔽起来,等德国人走过去,也许还能脱险。但只要子弹没打完,她就不停地射击。她趴在地上射击,已经不再打算撤走,因为她身上的力气随着流出的血渐渐消耗尽了。德国人用枪口直对着她又补打了几枪,然后还对着她那死后还那么高傲而俊美的面庞看了半天……

14

丽达知道自己受了致命的伤，将死得缓慢而痛苦。此刻腹部几乎不疼了，只觉得越来越灼热和干渴。但不能喝水，丽达只把布条放在水洼里浸一浸，然后贴在嘴唇上。

华斯科夫把她藏在一棵被风暴连根拔起的罗汉松下，再在她身边堆上一些树枝就走了。当时还有枪声，但是过了不久就突然停止了。丽达哭了。她没有抽泣，也没有叹息，只是眼泪顺着面颊流下来。她明白，任卡已经不在了……

后来她的眼泪也干了，在一件她必须分析清楚、做好准备的大事面前止住了。一个寒冷而黑暗的深渊在她脚下张开大嘴，丽达正勇敢严峻地望着它。

她不是怜惜自己，也不是怜惜自己的生命和青春，因为她一直在思考着比她自己更为重要得多的事。她的儿子成了孤儿，孤零零地留给她多病的母亲抚养，丽达此刻正在猜测，他将怎样度过战争，他的一生又将如何安排。

　　华斯科夫很快就回来了。他搬开树枝，默默地坐在旁边，抱住受伤的手，轻轻地摇晃着身子。

　　"任妮娅牺牲了？"

　　他点了点头。然后说：

　　"我们的背囊没有了。背囊和步枪都不见了。要么是他们拿走了，要么是藏在什么地方了。"

　　"任妮娅马上……就断气了吗？"

　　"马上。"他说，但丽达觉得他说的不是真话，"他们走了，大概是拿炸药去了……他突然发现她的目光黯淡，知道她一切都明白了，于是大声喊道："他们还没有把我们打败，你明白吗？我还活着，还要把我打死才算！……"

　　他咬了咬牙，不再说下去了，用好手轻轻拍着受伤的胳膊，身子又摇晃起来。

　　"疼吗？"

　　"这儿疼。"他指着胸口说，"这儿疼，丽达，真难受！……是我害了你们，害了你们五个，可为了什么呢？为了这十几个德国鬼子？"

　　"干吗这么说……打仗嘛，这是明摆着的事……"

　　"现在好说，打仗嘛。等以后不打仗了，还说得清你们为什么要丧命吗？为什么我不放过这些德国鬼子，为什么要做出这样的决定？如果将来有人问我：为什么你们男人们不能保住我们妈妈的性命，让她们死在枪弹下？你们为什么让她们跟死神结婚，自己倒活得好好的？说咱们想保住基洛夫铁路和白海运河吗？可那边想必也有警卫队！而那边的人总比五个姑娘加上只有一把手枪的准尉多得多啊。"

"别这么说。"她轻轻说,"祖国首先指的并不是运河,完全不是。我们保卫的是祖国。首先是祖国,其次才是运河。"

"嗯……"华斯科夫长叹一声,沉默片刻又说,"你先在这儿躺一会,我到附近去看看。要是让他们撞上了,我们就完了。"他掏出手枪,不知为什么使劲用袖子擦了擦,"拿着吧。虽说只剩两颗子弹了,拿着它总要放心些。"

"等一等!"丽达的目光避开他的脸,穿过树枝投向天空。"记得吗,是我在车站附近撞上德国人的!那天我进城到我妈妈那儿去了。我的小儿子在那儿,才三岁,叫阿利克,大号是阿尔培特。我妈妈病得很厉害,活不了多久啦,父亲又没有一点音信。"

"别担心了,丽达,你说的我全明白。"

"谢谢你。"她用没有血色的嘴唇笑了一笑,"你能答应我最后的一个请求吗?"

"不。"他说。

"有什么用呢,反正我要死了,不过叫我多受点罪罢了。"

"我去侦察一趟就回来。晚上我们就能撤回到自己人那儿去了。"

"吻吻我吧。"她忽然说。

他笨手笨脚地弯下腰,不好意思地用嘴唇碰了碰她的前额。

"真扎人……"她闭上眼睛,声音轻得几乎听不见,"走吧,把树枝给我堆好就走吧。"

泪水顺着她那陷下去的发灰的面颊慢慢流下来。费多特·叶弗格拉菲奇不出声地站起身来,仔细用树枝把丽达盖好,然后迅速地朝河边的德国鬼子走去。

没法使用的手榴弹在衣袋里沉甸甸地晃荡，这是他唯一的武器……

他与其说听到，不如说感觉到一声微弱的枪响，仿佛响了一下便沉到树枝底下去了。林中是那么寂静，他谛听着，惊呆了，等他回头朝那棵连根拔起的大罗汉松跑去的时候，他还不敢相信自己的耳朵。

丽达对着太阳穴开了一枪，几乎没有流血。枪眼周围落了一层蓝色的火药末，华斯科夫不知为什么，特别盯着这些粉末看了许久。然后他把丽达挪开，动手在她原先躺着的地方挖坑。

这儿土质松软，容易挖掘。他先拿棍子把泥土弄松，然后双手往外扒土，并且用刀子砍断树根。他挖得快，埋得更快，连一口气也不歇，又跑到任妮娅躺着的地方。他的胳膊疼得一阵阵钻心，所以没把科麦莉科娃掩埋好。他老想着这件事，懊愧得不得了，用干裂的嘴唇嘟哝着：

"原谅我吧，任涅奇卡，原谅我……"

他跌跌撞撞地翻过锡纽欣岭，手里紧紧握着只剩下一颗子弹的手枪，现在他只求尽快遇见德国人，好再干掉一个。因为他已经没有力气，一点力气也没有了，只觉得疼、浑身疼……

白朦朦的暮色在晒热的石头上空静静地浮动，洼地上弥漫着雾气，风停了，成群的蚊子在准尉头上飞舞。在这白茫茫的雾霭中他仿佛看见那五位姑娘，他一路喃喃自语，不时伤心摇头。总不见德国人的踪影，他们既不露面，也不打枪；尽管他步子笨重，不加隐蔽，一心想找到他们。是结束这场战斗的时候了，该画上句号了，而这最后的一个句号就藏在他这支手枪的蓝灰色的枪膛里。

“吻吻我吧。”她忽然说。

他笨手笨脚地弯下腰，不好意思地用嘴唇碰了碰她的前额。

“真扎人……”她闭上眼睛，声音轻得几乎听不见，“走吧，把树枝给我堆好就走吧。”

泪水顺着她那陷下去的发灰的面颊慢慢流下来。费多特·叶弗格拉菲奇不出声地站起身来，仔细用树枝把丽达盖好，然后迅速地朝河边的德国鬼子走去。

不错，还有一个没有起爆管的手榴弹。一个铁疙瘩。若是问他为什么还带着这个铁疙瘩，他准答不上来。他就这么带着，爱惜军用物资是准尉的习惯。

他此刻没有目的，只有愿望。他既不绕路走，也不寻找脚印，就像上了发条似的一直往前走。可是始终没有遇见德国人……

现在，他已经过了小松林，进入树林，离列贡特隐士院越来越近——早晨他轻而易举地从那儿弄到了武器。他没有想过，为什么偏要到这儿来。是他那不会失误的猎人的本能把他引上了这条路的，而他听从了这种本能。正因为是受到本能的驱使，他突然放慢了步子，仔细听了听，然后钻进树丛里。

百米之外就是那块林间空地，那儿有座发朽的井栏，还有一间陷进地里的小屋。华斯科夫像影子一样不出声地走过这一百米。他知道敌人就在那里，他知道准是这样，但却无法解释为什么知道，就跟狼知道兔子会从哪儿冲它蹦过来一样。

他钻进空地旁边的树丛，一动不动地站了很久，把井栏周围的情况探视了一番：他打死的那个德国人已经不见了，只有那座歪歪倒倒的隐士院和院角四周黑黝黝的树丛。没有什么异常现象，准尉没有发现什么情况，但他耐心地等待着。当从屋子的一角后面终于露出一个模糊不清的东西时，他并没有感到惊讶。他早知道，那正是哨兵站岗的地方。

他朝哨兵走过去，走了很久很久，速度慢得像梦游。他抬起一只脚，像放下一件没有分量的东西一样让它着地，他不是迈步，而是把身体的重量一点一点地往前挪，不让一根树枝发出响声。他用这种奇怪的鸟的舞步顺着空地边缘走，走到一动

不动的哨兵背后。他用更慢的速度，更平稳的步子向那宽阔的
深色脊背靠近，简直不是走过去，而是浮过去的。

他在一步之外停下来。他刚才半天屏住呼吸，此刻等着心
平静下来。他早把手枪塞进枪套，右手握着一把刀。他已闻到
那人身上的难闻气味，于是慢慢地，一毫米一毫米地向上举起
芬兰刀，以便发出这决定生死的一击。

再积攒一点力气，力气不够，太少了，左手又一点也帮不
上忙。

他把全部的精力都毫无保留地注入这一击中。德国人几乎
没吭一声，只古怪地吐了一口长气，就跪着趴在地上了。准尉
猛地拉开歪斜的门，一个箭步冲进屋里：

"韩德霍赫……"

德国人正在睡觉，想在最后冲向铁路之前睡个够。只有一
个人没睡，他奔到屋角去拿武器，但华斯科夫已经发现他跳起
来，几乎顶着他开了一枪。枪声冲到低矮的天花板上，这个德
国人被甩到墙上，准尉一下子把德国话忘得干干净净，只顾沙
哑着嗓子喊道：

"躺下！……躺下！……躺下！① ……"

他骂了一大堆粗话，是他所知道的最粗野的话……

……使他们吓破胆的不是大喊大叫，也不是准尉手里挥舞
着的手榴弹。他们简直想不到，根本无法设想，准尉在方圆若
干公里内是孤军作战。他们的法西斯脑袋想不到这一层，因此
他们乖乖地按照准尉的命令脸朝下躺在地板上。四个人都躺下

---

① 这是用德国腔喊出的俄语。

了，第五个，最腿疾眼快的那一个，已经到另一个世界报到去了。

他们用皮带互相捆绑起来，捆得很认真。费多特·叶弗格拉菲奇亲手把最后一名德国兵捆好之后哭了起来。眼泪顺着长满胡须的脏脸往下淌，他浑身战栗，噙着眼泪笑骂道：

"哼，你们打赢了吗？……打赢了吗？五个姑娘啊，一共只有五个小姑娘，只有五个！……你们就过不去，怎么也过不去，你们就得死在这儿，统统死光！……我要亲手把你们一个个全都打死，哪怕上级饶了你们，我也要亲手打死你们！以后再让他们审判我好了，让他们审判吧！……"

手疼得厉害，疼得他浑身发烧，脑子昏昏沉沉的，因此他特别害怕自己会失去知觉，他勉强撑着，使出最后的一点力气撑着……

最后这段路程华斯科夫再也记不起来了。德国人的脊背在他面前晃来晃去，一左一右地摆动，因为他像个醉汉似的东倒西歪地走着，除了这四个人的脊背，他什么也看不见，一心只想着：如果要昏过去，赶紧先开枪。他的知觉仿佛悬在最后一根蛛丝上，全身火烧火燎地痛，痛得他直嚷嚷，一边嚷嚷一边哭，他显然已经精疲力竭了。

有人向他们呼喊，他明白，对面来的是自己人，是俄罗斯人，直到这时，他才让自己的意识失去控制……

尾 声

……你好，老朋友！

你在那边累死累活，我们却在这幽静的地方钓鱼。虽说可恶的蚊子咬得要命，不过，日子过得跟在天堂里差不多。老朋友，你一定要争取休一次假，马上到我们这儿来一趟。这儿既没有车进车出，也没有人来人往，只有小汽艇每周噗噗地给我们送一次面包，你简直可以整天光着身子游逛。两个异常漂亮的湖里有鲈鱼，一条小河里有茴鱼，可供游人享用。至于说到蘑菇，那就别提有多少了！……

另外，今天一个老头子乘汽艇来了，他白发苍苍，身体矮壮，缺一只胳膊，由一位火箭部队的大尉陪同着。大尉名叫阿尔培特·费多蒂奇（没想到吧?），他按照乡里的习惯喊老头子"爹"。他们像是到这儿来找什么东西似的，我没去打听……

……昨天没来得及写完，今早把它结束。

原来这儿也打过仗……打仗的时候你我都还没有出世哩。

阿尔培特·费多蒂奇同他父亲运来一块大理石墓碑。我们找到了墓，在小河对岸的树林里。大尉的父亲根据他做的记号认出来了。我想帮他们把墓碑搬过去，可是又有点不好意思。

今天我才发现，这儿的黎明静极了。

1969 年

今天我才发现，这儿的黎明静极了。